LES

Métamorphoses

Textes choisis

Dossier et notes réalisés par
Hélène Tronc

Lecture d'image par
Pierre-Olivier Douphis

Traduction de **Georges Lafaye**
revue par Hélène Tronc

Ancienne élève de l'École normale supérieure, **Hélène Tronc** est agrégée de lettres classiques et traductrice. Elle a enseigné les lettres et l'histoire de l'art au collège et à l'université. Elle a publié plusieurs ouvrages commentant des œuvres à destination des élèves, notamment l'*Odyssée* (« Folioplus classiques » n° 18), *Le grand Meaulnes* (« Folioplus classiques » n° 174), *La Guerre des mondes* (« Folioplus classiques » n° 116) et *Gilgamesh et Hercule* (« Folioplus classiques » n° 217).

Pierre-Olivier Douphis est docteur en histoire de l'art contemporain de l'Université Paris IV-Sorbonne. Il a écrit des articles dans la *Gazette des Beaux-Arts*, le *Bulletin du Musée Ingres*, le *Musée critique de la Sorbonne*. Il est co-fondateur de la revue en ligne *Textimage*. Il écrit actuellement une étude sur une œuvre de Fra Angelico à paraître prochainement.

Sommaire

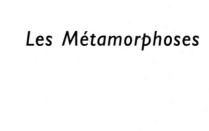

Les Métamorphoses

Origines du monde

Mon esprit me porte à raconter la mutation des formes en des corps nouveaux ; ô dieux, favorisez mon entreprise — que vous avez transformée elle aussi[1] — et guidez d'une traite mon poème, des origines du monde au temps présent.

Avant la mer, avant la terre et le ciel qui couvre tout, la nature, dans l'univers entier, offrait un seul et même aspect ; on l'a appelé le chaos ; ce n'était qu'une masse informe et confuse, rien qu'un bloc inerte, un entassement d'éléments mal unis et discordants. Il n'y avait pas encore de Soleil pour donner sa lumière au monde ; la Lune ne réparait pas les cornes de son croissant ; la Terre n'était pas suspendue dans l'air environnant ni équilibrée par son propre poids ; l'Océan n'avait pas étendu ses bras tout le long des rivages. La terre, la mer et l'air étaient présents, mais la terre était instable, la mer impropre à la navigation et l'air privé de lumière ; aucun élément ne conservait sa forme, tous luttaient les uns contre les autres, parce que dans un même corps le froid faisait la guerre au chaud, l'humide au sec, le mou au dur, le pesant au léger.

---

1. Ovide se lance pour la première fois dans un long poème épique. Les dieux ont métamorphosé sa poésie.

Un dieu — ou une nature supérieure — mit fin à cette lutte ; il sépara la terre du ciel, les eaux de la terre et l'éther fluide de l'air plus dense. Après avoir débrouillé ces éléments et les avoir tirés de la masse ténébreuse en attribuant à chacun une place distincte, il les unit par les liens de la concorde et de la paix. Le feu de la voûte céleste, comme il n'avait pas de poids, s'élança vers les régions les plus hautes et les occupa telle une citadelle. L'air qui s'en approche le plus par sa légèreté devint son voisin immédiat ; la terre, plus dense, entraîna avec elle les éléments massifs et se tassa sous son propre poids ; l'eau répandue alentour occupa la dernière place et emprisonna le monde solide.

Lorsque le dieu, quel qu'il fût, eut ainsi partagé et distribué l'amas de la matière, lorsque de ses différentes parts il eut façonné des membres, il commença par agglomérer la terre, pour en égaliser de tous côtés la surface, sous la forme d'un globe immense. Puis il ordonna aux mers de se répandre, de s'enfler au souffle furieux des vents et d'entourer de rivages la terre qu'ils encerclaient. Il ajouta les sources, les étangs immenses et les lacs, et enferma entre des berges pentues les fleuves qui, pour certains, sont absorbés par la terre elle-même, et pour d'autres se jettent dans la mer où, mêlés à des eaux plus libres, ils battent non plus des berges, mais des rivages. Il ordonna aux plaines de s'étendre, aux vallées de s'abaisser, aux forêts de se couvrir de feuillage, aux montagnes rocheuses de se soulever. Deux zones partagent le ciel à droite, deux autres à gauche, avec une cinquième plus chaude au milieu ; la masse qu'enveloppe le ciel fut soumise à la même division et il y a sur la terre autant de régions que dans le ciel. L'ardeur du soleil rend celle du milieu inhabitable ; deux autres sont recouvertes de neiges épaisses ; entre elles il en plaça encore deux, à qui il donna un climat tempéré, en mélangeant le froid et le chaud.

Au-dessus s'étend l'air ; autant il est plus léger que la terre et l'eau, autant il est plus lourd que le feu. C'est le séjour que le dieu assigna aux brouillards et aux nuages, aux tonnerres, qui épouvantent les esprits des humains, et aux vents, qui engendrent les éclairs et la foudre. Aux vents eux-mêmes l'architecte du monde ne livra pas indistinctement l'empire de l'air ; aujourd'hui encore, quoiqu'ils règnent chacun dans une contrée différente, on a beaucoup de peine à les empêcher de déchirer le monde, si grande est la discorde entre ces frères. L'Eurus se retira vers l'Aurore, le royaume des Nabatéens, la Perse et les sommets au-dessus desquels montent les rayons du matin ; Vesper et les rivages attiédis par le soleil couchant sont voisins du Zéphyr ; l'horrible Borée envahit la Scythie et le septentrion ; les régions opposées de la terre sont détrempées sans trêve par les nuages et les pluies de l'Auster. Au-dessus des vents, le dieu plaça l'éther fluide et sans pesanteur, qui n'a rien des impuretés d'ici-bas. Dès qu'il eut enfermé tous ces domaines entre des limites immuables, les étoiles, longtemps cachées sous la masse qui les écrasait, commencèrent à resplendir dans toute l'étendue des cieux. Pour qu'aucune région ne fût privée de sa part d'êtres vivants, les astres et les dieux de toutes formes occupèrent la partie inférieure du ciel ; les eaux firent une place dans leurs demeures aux poissons brillants ; la terre reçut les bêtes sauvages ; l'air mobile, les oiseaux.

Un animal plus noble, plus capable, d'une haute intelligence et digne de commander à tous les autres, manquait encore. L'homme naquit, soit que le créateur de toutes choses, auteur d'un monde meilleur, l'ait formé à partir d'un germe de sa propre substance divine, soit que la jeune terre, séparée depuis peu des hautes régions de l'éther, ait retenu encore des germes du ciel, son parent, et que Prométhée, l'ayant mêlée aux eaux d'un fleuve, l'ait modelée à l'image des dieux, maîtres de l'univers. Tandis que, tête basse, tous les autres animaux tiennent leurs yeux attachés sur la terre, il a donné à l'homme un visage tourné vers le haut et lui a ordonné de contempler le ciel et de se tenir debout pour regarder en direction des étoiles. Ainsi la terre, qui naguère était grossière et informe, se transforma en se couvrant de figures d'hommes jusqu'alors inconnues.

Lycaon[1]

Il existe dans le ciel une voie qu'on distingue aisément par temps clair ; elle porte le nom de Voie lactée car sa blancheur éclatante la signale à tous les yeux. C'est par là que les dieux d'en haut se rendent à la demeure royale où réside Jupiter Tonnant. À droite et à gauche s'étendent, portes ouvertes, les atriums habités par la noblesse céleste ; la plèbe vit à part ; sur le devant, les dieux les plus puissants et illustres ont établi leurs pénates[2]. Tel est le séjour que j'oserai appeler, si on me permet un langage si audacieux, le Palatin[3] du ciel.

Donc, lorsque les dieux furent entrés dans ce sanctuaire resplendissant de marbre, Jupiter, lui-même assis sur un trône plus élevé et s'appuyant sur un sceptre d'ivoire, agita trois ou quatre fois autour de sa tête sa redoutable chevelure, qui ébranla la terre, la mer et les astres. Puis il fit éclater son indignation :

« Jamais je n'ai été plus inquiet pour l'empire que j'exerce sur le monde, pas même à l'époque où les Géants à queue

---

1. Son nom est formé sur le grec *lukos*, « le loup ».
2. Divinités du foyer.
3. Colline et quartier aristocratique de Rome où réside l'empereur Auguste.

de serpent se préparaient à retenir le ciel captif dans leurs cent bras. Certes, l'ennemi était redoutable, mais cette guerre ne pouvait être attribuée qu'à une seule origine, à une seule cause. Aujourd'hui, dans tout le globe que Nérée[1] entoure de ses flots retentissants, il me faut anéantir le genre humain. J'en jure par les fleuves infernaux qui, sous la terre, baignent le bois du Styx[2], j'ai tout tenté auparavant ; mais la plaie est incurable et il faut la retrancher avec le fer, pour que la partie saine ne soit pas atteinte. Je règne sur des demi-dieux, des divinités rustiques, les Nymphes, les Faunes, les Satyres et les Silvains, hôtes des montagnes ; puisque nous ne les jugeons pas encore dignes des honneurs célestes, permettons au moins que la terre que nous leur avons donnée soit pour eux habitable. Croyez-vous, ô dieux des régions supérieures, qu'ils seront en sûreté, quand moi, le maître de la foudre, moi qui vous commande et vous gouverne, j'ai été en butte aux pièges dressés contre moi par un homme bien connu pour sa férocité, Lycaon ? »

Tous les dieux frémissent et, enflammés de colère, réclament la punition du criminel. [...] De la voix et du geste, Jupiter réprime les murmures. Tous se taisent. Dès que son autorité a calmé la clameur, il rompt de nouveau le silence :

« L'homme a payé sa dette ; bannissez à ce sujet toute inquiétude. Quel fut son crime, quelle est la punition, c'est ce que je vais vous apprendre. L'infamie de cette époque était déjà parvenue à mes oreilles ; souhaitant qu'elle fût mensongère, je descends des hauteurs de l'Olympe et, après avoir déguisé ma divinité sous une figure humaine, je me mets à parcourir la terre. Il serait trop long d'énumérer les crimes que je rencontrai partout ; la rumeur était

---

1. Dieu marin.
2. Fleuve des Enfers.

au-dessous de la vérité. J'avais franchi le Ménale, horrible repaire des bêtes sauvages, le Cyllène et les frais ombrages des pins du Lycée. J'entre sous le toit inhospitalier qui abritait Lycaon, le tyran d'Arcadie, à l'heure où le crépuscule allait faire place à la nuit. Je révèle par des signes la présence d'un dieu et le peuple commence à m'adresser ses prières. D'abord Lycaon se rit de ces pieux hommages ; puis il s'écrie : « Je vais le mettre à l'épreuve pour savoir si c'est un dieu ou un mortel. La vérité ne fera plus aucun doute. »

Il s'apprêtait à me surprendre dans mon sommeil et à me donner la mort en pleine nuit ; voilà par quelle épreuve il voulait connaître la vérité. Ce n'était pas encore assez pour lui ; de son glaive il coupe la gorge à un des otages que lui avait envoyés le peuple des Molosses. Ensuite il attendrit dans l'eau bouillante une partie de ses membres palpitants et fait rôtir l'autre sur la flamme. À peine en avait-il chargé la table que de ma foudre vengeresse j'ai renversé sur lui sa demeure, pénates bien dignes d'un tel maître. Épouvanté, il s'enfuit et, après avoir gagné la campagne silencieuse, il se met à hurler ; en vain il s'efforce de parler ; toute la rage de son cœur se concentre dans sa bouche ; sa soif habituelle du carnage se tourne contre les troupeaux et maintenant encore il se plaît dans le sang. Ses vêtements se changent en poils, ses bras en jambes ; devenu un loup, il conserve encore des vestiges de son ancienne forme. Il a toujours le même poil gris, le même air farouche, les mêmes yeux ardents ; il est toujours l'image de la férocité. Une seule maison a été frappée ; mais plus d'une méritait de périr ; on dirait une conjuration pour le crime. Que tous — telle est ma décision inébranlable — subissent le châtiment qu'ils ont mérité. »

Parmi les dieux les uns appuient de leurs avis le discours de Jupiter et aiguillonnent sa fureur ; les autres s'acquittent de leur office par des marques d'assentiment. Cependant la perte du genre humain est un sujet de douleur pour tous ; quel sera l'aspect de la terre, veuve des mortels ? demandent-ils, qui portera l'encens sur les autels ? Veut-il livrer la terre à la dévastation des bêtes sauvages ? À ces questions le souverain des habitants du ciel répond qu'il se charge de tout ; il les invite à ne pas s'alarmer ; il leur promet une race d'hommes qui ne ressemblera pas à la précédente et dont l'origine sera merveilleuse.

Le déluge

Jupiter s'apprêtait déjà à foudroyer la terre entière mais il craignit que tant de feux embrasent l'éther sacré et que l'axe du monde s'enflamme sur toute sa longueur. Il se souvient que les destins eux-mêmes ont fixé une date où la mer, la terre et le palais céleste doivent s'enflammer et la masse du monde, devenue la proie d'un incendie, tomber en ruine. Il dépose les éclairs forgés par les mains des Cyclopes et choisit un châtiment tout différent ; il décide d'anéantir le genre humain sous les eaux et de faire s'abattre des pluies de tous les points du ciel.

Aussitôt il enferme dans les cavernes d'Éole[1] l'Aquilon et tous les vents qui chassent les nuages amoncelés et il déchaîne l'Auster[2]. L'Auster aux ailes humides prend son vol ; son visage terrible est voilé de ténèbres noires comme la poix ; sa barbe, chargée de brouillards ; l'eau coule de ses cheveux blancs ; sur son front siègent des vapeurs ; ses ailes et son sein ruissellent. À peine a-t-il pressé de sa large main les nuages suspendus qu'éclate un grand fracas ; puis d'épaisses nuées se déchargent du haut des airs. La messagère de Junon, aux robes multicolores, Iris, aspire les eaux et ali-

---

1. Maître des vents.
2. Vent du sud chaud et humide.

mente les nuages. Les moissons sont couchées à terre, les
espoirs ruinés du cultivateur gisent sur le sol et le travail
d'une longue année périt sacrifié. Jupiter ne se contente pas
de faire servir à sa colère le ciel, son empire ; mais Neptune,
son frère azuré, lui donne aussi les vagues en renfort. Il
convoque les fleuves ; dès qu'ils sont entrés dans la
demeure de leur maître, il leur dit : « Pas besoin de long discours. Déversez-vous de toutes vos forces ; voilà ce qu'on
vous demande. Ouvrez grand vos demeures, renversez vos
digues et lâchez vos flots débridés. » L'ordre était donné ;
les fleuves s'en retournent, dégagent les bouches de leurs
sources et, d'une course effrénée, roulent vers les mers. Le
dieu lui-même frappe la terre de son trident ; elle tremble et
cette secousse libère les eaux. Débordés, les fleuves s'élancent à travers les plaines découvertes ; avec les récoltes ils
emportent les arbres, les troupeaux, les hommes, les maisons, les autels domestiques et leurs objets sacrés. Si une
habitation est restée debout et a pu résister à un tel désastre sans s'écrouler, son toit est recouvert par la montée des
eaux et ses tourelles disparaissent, englouties.

Déjà on ne distinguait plus la mer de la terre ; tout était
océan ; l'océan lui-même n'avait plus de rivages. L'un a
gagné à la hâte une colline ; l'autre s'est assis dans une bar-
que recourbée et promène ses rames là où naguère il avait
labouré. Celui-ci navigue sur ses moissons et sur les com-
bles de sa ferme submergée ; celui-là prend un poisson sur
la cime d'un orme ; on jette l'ancre, si le hasard s'y prête,
dans une verte prairie, ou bien les navires écrasent les
vignobles sous leur poids ; là où récemment les chèvres
graciles broutaient l'herbe, des phoques posent leurs corps
difformes. Les Néréides[1] s'émerveillent de voir au fond

1. Nymphes de la mer.

des eaux des parcs, des villes, des maisons ; des dauphins habitent dans les forêts ; ils bondissent au sommet de leurs ramures et se heurtent contre les chênes qu'ils agitent. Le loup nage au milieu des brebis ; les flots charrient des lions fauves ; les flots charrient des tigres ; le sanglier ne trouve aucun secours dans sa force foudroyante et les jambes agiles du cerf ne l'empêchent pas d'être emporté ; après avoir longtemps cherché une terre où se poser, l'oiseau errant, les ailes lasses, tombe dans la mer. L'immense débordement de l'océan a recouvert les collines ; des flots battent pour la première fois les sommets des montagnes. La plus grande partie des êtres vivants est entraînée par les eaux ; ceux que les eaux ont épargnés périssent faute de nourriture, victimes d'une longue famine.

Deucalion et Pyrrha

La Phocide fut une terre fertile tant qu'elle fut une terre ; mais, en ce moment, elle faisait partie de la mer et n'était plus qu'une vaste plaine d'eaux subitement amassées. Là, une montagne escarpée élève jusqu'aux astres sa double cime : on l'appelle le Parnasse ; son front domine les nuages. Lorsque Deucalion aborda en ce lieu — le seul que la mer n'avait pas recouvert — avec son épouse, sur un petit radeau, ils adressèrent leurs prières aux nymphes et aux divinités du mont Parnasse et à Thémis[1] la Prophétique qui y rendait alors des oracles. Jamais homme ne fut meilleur que Deucalion, ni plus soucieux de la justice ; jamais femme ne fut plus respectueuse des dieux que Pyrrha. Quand Jupiter voit que l'univers inondé ne forme plus qu'une plaine liquide, que de tant de milliers d'hommes il n'en reste qu'un seul, de tant de milliers de femmes une seule, et qu'ils sont innocents et pieux l'un et l'autre, il dissipe les nuages et chasse les tempêtes avec le vent du nord ; il montre la terre au ciel et le ciel à la terre. La fureur de la mer s'apaise ; Neptune, le maître des océans, dépose son trident et calme les flots ; il appelle ensuite Triton, son fils au

_____

1. Déesse de la loi, qui rendait les oracles à Delphes, avant que ce ne soit Apollon.

corps d'azur, qui s'élève au-dessus des profondeurs marines les épaules couvertes de coquillages pourpres, et lui demande de souffler dans sa conque sonore pour donner aux mers et aux fleuves le signal de la retraite. Triton prend sa trompe, en forme de spirale, cette trompe qui, à peine animée du souffle du dieu au milieu de l'océan, fait retentir les rivages qui s'étendent aux deux extrémités de la course du Soleil. Dès qu'elle eut touché la bouche du dieu, humide de l'eau qui ruisselle de sa barbe, et sonné l'ordre de la retraite, toutes les eaux de la terre et de la mer l'entendirent et reculèrent.

Maintenant la mer a des rivages ; les fleuves rentrent dans leur lit où ils coulent à pleins bords ; les eaux baissent ; on voit sortir les collines ; la terre surgit et toutes ses parties croissent au fur et à mesure que décroissent les eaux ; longtemps submergées, les forêts montrent leurs cimes dénudées et leur feuillage où reste encore attaché un dépôt de limon.

L'univers était restauré ; en le voyant vide, devant ces déserts où régnait un profond silence, Deucalion fond en larmes et parle ainsi à Pyrrha : « Ô ma sœur[1], ô mon épouse, seule survivante de toutes les femmes, nous avons été unis par notre origine commune et le lien fraternel de nos deux pères, ensuite par le mariage, et nous voici désormais unis par le danger. Sur toutes les terres que voit le soleil, du couchant au levant, nous sommes à nous deux toute la population, le reste est devenu la proie de l'océan. Aujourd'hui même, notre survie n'est pas assurée ; je suis toujours terrifié par les nuages. Si tu avais été arrachée aux destins sans moi, quel serait aujourd'hui, infortunée, l'état de ton cœur ? Comment pourrais-tu, à toi

---

1. Deucalion (fils de Prométhée) et Pyrrha (fille d'Épiméthée) sont en fait cousins germains.

seule, résister à la peur et qui consolerait ta douleur ? Pour moi, crois-le bien, si tu étais engloutie dans les flots, je te suivrais, ô mon épouse, et moi aussi les flots m'engloutiraient. Ah ! si seulement je pouvais repeupler le monde avec les mêmes moyens que mon père[1] et introduire des âmes dans l'argile façonnée par mes mains ! Aujourd'hui nous sommes à nous deux tout ce qui subsiste du genre humain ; ainsi l'ont voulu les dieux, et il ne reste pas d'autres exemplaires de l'humanité que nous. »

Sur ces mots, il se tut et ils pleurèrent. Ils décidèrent d'implorer la puissance céleste et de chercher du secours dans l'oracle sacré. Sans tarder, ils se rendent ensemble vers les eaux du Céphise, qui n'étaient pas encore limpides, mais qui avaient déjà repris leurs cours habituel. Après avoir aspergé leurs vêtements et leur tête de cette eau purificatrice, ils se dirigent vers le sanctuaire de la déesse Thémis ; son sommet était couvert d'une mousse sordide et ses autels se dressaient sans feu sacré. Quand ils eurent atteint les marches du temple, tous deux se prosternèrent, le front bas, et baisèrent en tremblant la pierre glacée ; puis : « Si les prières du juste, dirent-ils, sont assez puissantes pour attendrir la divinité, si elles fléchissent la colère des dieux, dis-nous, Thémis, par quels moyens peuvent être réparées les pertes de notre race et accorde ton secours, ô déesse miséricordieuse, au monde submergé. » La déesse touchée rendit cet oracle : « Éloignez-vous du temple, voilez-vous la tête, détachez la ceinture de vos vêtements et jetez derrière votre dos les os de votre grande mère. »

Ils restèrent longtemps stupéfaits ; la première, Pyrrha rompt le silence et refuse d'obéir aux ordres de la déesse ; d'une voix tremblante elle la supplie de lui pardonner si elle

---

1. Prométhée, le père de Deucalion, avait créé l'humanité en mêlant de l'eau et de l'argile.

n'ose outrager l'ombre de sa mère en jetant ses os çà et là. Cependant ils se répètent les paroles obscures de l'oracle et cherchent à en pénétrer le sens caché. Enfin le fils de Prométhée calme la fille d'Épiméthée par ces paroles rassurantes : « Ou nous nous trompons, dit-il, ou l'oracle respecte la piété filiale et ne nous conseille aucun crime. Notre "grande mère", c'est la terre ; et je pense que les os dont parlait la déesse ce sont les pierres dans le corps de la terre ; voilà ce qu'elle nous ordonne de jeter derrière notre dos. » La fille du Titan[1] est frappée par l'interprétation de son époux mais son espoir est mêlé de doute tant ils se méfient tous deux des instructions divines ; mais que leur en coûtera-t-il d'essayer ? Ils s'éloignent, se voilent la tête, dénouent leur tunique et, comme ils en ont reçu l'ordre, lancent des pierres derrière eux, en marchant. Ces pierres (qui le croirait, si l'Antiquité ne l'attestait ?) perdent leur dureté et leur rigidité, elles s'amollissent peu à peu et, en s'amollissant, prennent une nouvelle forme. Puis elles s'allongent, leur nature s'adoucit et on peut y reconnaître jusqu'à un certain point, quoique vague encore, la figure humaine, telle qu'elle commence à sortir du marbre, à peine ébauchée et semblable aux statues inachevées. La partie de ces pierres où quelques substances liquides se mêlent à la terre devient de la chair ; ce qui est solide et ne peut fléchir se change en os ; ce qui était des veines subsiste sous le même nom. Ainsi, en très peu de temps, comme l'avaient voulu les dieux, les pierres lancées par des mains masculines prirent la forme d'hommes et de celles lancées par des mains féminines naquirent de nouveau des femmes. Voilà pourquoi nous sommes une race dure, à l'épreuve de la fatigue ; nous donnons nous-mêmes la preuve de notre origine première.

---

1. Le père de Pyrrha, Épiméthée, comme celui de Deucalion, Prométhée, sont des Titans, des divinités primitives enfantées par le Ciel et la Terre.

Apollon et Daphné

Le premier amour de Phébus[1] fut Daphné, fille du fleuve
Pénée ; sa passion naquit, non d'un aveugle hasard, mais
d'une violente rancune de Cupidon. Le dieu de Délos[2], fier
de sa récente victoire sur le serpent Python[3], avait vu
Cupidon courber son arc en tirant la corde vers lui : « Que
fais-tu, espiègle enfant, lui dit-il, avec ce genre d'arme puis-
sante ? C'est à moi qu'il convient de les suspendre à mes
épaules ; grâce à elles, je peux porter des coups impara-
bles à une bête sauvage ou blesser un ennemi ; tout
récemment, quand Python couvrait tant d'arpents de son
ventre gonflé de poisons, je l'ai abattu sous mes flèches
innombrables. Quant à toi, contente-toi d'allumer avec ta
torche je ne sais quels feux d'amour ; garde-toi de prétendre égaler mes succès. » Le fils de Vénus lui répond :
« Ton arc, Phébus, peut tout percer ; le mien va te percer
toi-même ; autant tous les animaux sont au-dessous de toi,
autant ta gloire est inférieure à la mienne. » À ces mots, il

---

1. « Le Brillant ». Autre nom d'Apollon, en tant que dieu de la
lumière.
2. Apollon et sa jumelle Diane étaient nés sur l'île grecque de
Délos.
3. Apollon avait éliminé Python, un serpent monstrueux qui gar-
dait l'oracle de Delphes.

fend l'air du battement de ses ailes et, sans perdre un instant, se pose sur la cime ombragée du mont Parnasse ; de
son carquois rempli il tire deux flèches qui ont des effets
opposés ; l'une chasse l'amour, l'autre le fait naître. Celle
qui le fait naître est dorée et armée d'une pointe aiguë et
brillante ; celle qui le chasse est émoussée et sous le
roseau contient du plomb. Le dieu blesse avec la seconde
la nymphe Daphné ; avec la première, il transperce à travers les os le corps d'Apollon jusqu'à la moelle. Celui-ci
aime aussitôt ; la nymphe fuit jusqu'au nom de l'amour. Les
retraites des forêts, les dépouilles des bêtes sauvages
qu'elle a capturées font toute sa joie ; elle est l'émule de la
chaste Diane ; une bandelette retenait seule ses cheveux
tombant en désordre. Beaucoup de prétendants l'ont
demandée ; mais elle, dédaignant toutes les demandes, se
refusant d'être soumise à un époux, elle parcourt les soli-
tudes des bois. Qu'est-ce que l'hymen, l'amour, le mariage ?
elle ne se soucie pas de le savoir. Souvent son père lui dit :
« Tu me dois un gendre, ma fille. » Souvent encore son
père lui dit : « Tu me dois des petits-enfants, ma fille. »
Mais elle, comme s'il s'agissait d'un crime, elle a horreur
du mariage ; la rougeur de la honte se répand sur son beau
visage et, ses bras caressants suspendus au cou de son
père, elle lui répond : « Permets-moi, père bien-aimé, de
jouir éternellement de ma virginité ; Diane l'a bien obtenu
du sien. » Il consent ; mais tu as trop de charmes, Daphné,
pour qu'il en soit comme tu le souhaites et ta beauté fait
obstacle à tes vœux. Phébus aime. Il a vu Daphné, il veut
s'unir à elle ; ce qu'il désire, il l'espère et il est trompé par
ses propres oracles. Comme le chaume léger s'embrase,
après qu'on a moissonné les épis, comme une haie se
consume au feu d'une torche qu'un voyageur, par hasard,
a trop approchée ou qu'il a abandonnée, quand le jour
paraissait déjà ; ainsi le dieu s'est enflammé ; ainsi il brûle

jusqu'au fond de son cœur et nourrit d'espoir un amour
stérile. Il contemple les cheveux de la nymphe flottant
sur son cou sans ornements : « Que serait-ce, dit-il, si elle
prenait soin de sa coiffure ? » Il voit ses yeux brillants
comme les astres ; il voit sa petite bouche, qu'il ne lui suffit
pas de voir ; il admire ses doigts, ses mains, ses poignets et
ses bras plus qu'à demi nus ; ce qui lui est caché, il l'imagine plus parfait encore. Elle, elle fuit, plus rapide que la
brise légère ; il a beau la rappeler, il ne peut la retenir par
de tels propos :

« Ô nymphe, je t'en prie, fille du Pénée, arrête ; ce n'est
pas un ennemi qui te poursuit ; ô nymphe, arrête. Comme
toi, l'agnelle fuit le loup ; la biche, le lion ; les colombes,
d'une aile tremblante, fuient l'aigle ; chacune, leur ennemi ;
moi, c'est l'amour qui me jette sur tes traces. Quel n'est
pas mon malheur ! Prends garde de tomber en avant ! Que
tes jambes ne subissent pas, indignement blessées, la marque des ronces et que je ne sois pas pour toi une cause
de douleur ! Le terrain sur lequel tu te lances est rude ;
modère ta course, je t'en supplie, ralentis ta fuite ; moi-
même je modérerai ma poursuite. Apprends cependant qui
tu as charmé ; je ne suis pas un habitant de la montagne, ni
un berger, un de ces hommes incultes qui surveillent les
bœufs et les moutons. Tu ne sais pas, imprudente, tu ne
sais pas qui tu fuis et voilà pourquoi tu le fuis. C'est à moi
qu'obéissent le pays de Delphes et Claros et Ténédos et la
résidence royale de Patara ; j'ai pour père Jupiter ; c'est
moi qui révèle l'avenir, le passé et le présent ; moi qui marie
le chant aux sons des cordes. Ma flèche frappe à coup sûr ;
une autre cependant frappe plus sûrement encore, c'est
celle qui a blessé mon cœur, jusqu'alors exempt de ce mal.
La médecine est une de mes inventions ; dans tout l'univers on m'appelle secourable et la puissance des plantes
m'est soumise. Hélas ! il n'y a point de plantes capables de

guérir l'amour et mon art, utile à tous, est inutile à son maître. »

Il allait en dire davantage, mais Daphné, continuant sa course éperdue, a fui et l'a laissé là, lui et son discours inachevé, toujours aussi belle à ses yeux ; les vents dévoilaient sa nudité, leur souffle, venant sur elle en sens contraire, agitait ses vêtements et la brise légère rejetait en arrière ses cheveux soulevés ; sa fuite rehausse encore sa beauté. Mais le jeune dieu renonce à lui adresser en vain de tendres propos et, poussé par l'Amour lui-même, il suit les pas de la nymphe en redoublant de vitesse. Quand un lévrier a aperçu un lièvre dans une plaine découverte, ils s'élancent, l'un pour saisir sa proie, l'autre pour sauver sa vie ; l'un semble sur le point de happer le fuyard, il espère le tenir à l'instant et, le museau tendu, serre de près ses traces ; l'autre, ne sachant s'il est pris, se dérobe aux morsures et esquive la gueule qui le touchait ; ainsi Apollon et Daphné sont emportés l'un par l'espoir, l'autre par la crainte. Mais le poursuivant, entraîné par les ailes de l'Amour, est plus prompt et n'a pas besoin de repos ; déjà il se penche sur les épaules de la fugitive, il effleure du souffle les cheveux épars sur son cou. Elle, à bout de forces, a blêmi ; brisée par la fatigue d'une fuite si rapide, les regards tournés vers les eaux du Pénée : « Viens, mon père, dit-elle, viens à mon secours, si les fleuves comme toi ont un pouvoir divin ; délivre-moi en me transformant de cette beauté trop séduisante. »

À peine a-t-elle achevé sa prière qu'une lourde torpeur s'empare de ses membres ; une mince écorce entoure son sein délicat ; ses cheveux qui s'allongent se changent en feuillage ; ses bras, en rameaux ; ses pieds, tout à l'heure si agiles, adhèrent au sol par des racines, incapables de se mouvoir ; la cime d'un arbre couronne sa tête ; de ses charmes il ne reste plus que l'éclat. Phébus cependant l'aime toujours ; sa main posée sur le tronc, il sent encore le cœur palpiter sous l'écorce nouvelle ; entourant de ses bras les rameaux qui remplacent les membres de la nymphe, il couvre le bois de ses baisers ; mais le bois repousse ses baisers. Alors le dieu : « Eh bien, dit-il, puisque tu ne peux être mon épouse, du moins tu seras mon arbre ; à tout jamais tu orneras, ô laurier, ma chevelure, mes cithares, mes carquois ; tu accompagneras les capitaines du Latium, quand des voix joyeuses feront entendre des chants de triomphe et que le Capitole[1] verra venir à lui de longs cortèges. Tu te dresseras, gardienne fidèle, devant la porte d'Auguste et tu protégeras la couronne de chêne[2] suspendue au milieu ; de même que ma tête, dont la chevelure n'a jamais connu le ciseau, conserve sa jeunesse, de même la tienne sera toujours parée d'un feuillage inaltérable. » Apollon avait parlé ; le laurier inclina ses branches neuves et le dieu le vit agiter sa cime comme une tête.

---

1. Colline de Rome sur laquelle se rendaient les généraux vainqueurs lors des cérémonies de triomphe.
2. La porte de la maison de l'empereur Auguste était surmontée d'une couronne de chêne entourée de deux lauriers.

Phaéton

Le palais du Soleil s'élevait sur de hautes colonnes, étincelant de l'éclat de l'or et du pyrope flamboyant ; l'ivoire resplendissant couronnait son sommet ; sur la porte à deux battants rayonnait l'argent lumineux. L'art surpassait la matière car Vulcain y avait ciselé les flots qui entourent la terre d'une ceinture, et le globe terrestre et le ciel qui s'étend au-dessus de ce globe. Les eaux ont leurs dieux azurés, Triton à la conque retentissante, le changeant Protée, Égéon pressant de ses bras les dos monstrueux des baleines, Doris et ses filles, les nymphes de la mer. On voit les unes nager, les autres, assises sur un rocher, sécher leurs verts cheveux, d'autres voguer sur des poissons ; sans avoir toutes le même visage, elles ne sont pas non plus très différentes. Elles se ressemblent comme il sied à des sœurs. La terre porte à sa surface des hommes, des villes, des forêts, des bêtes sauvages, des fleuves, des nymphes et d'autres divinités champêtres de toutes sortes. Au-dessus de ces tableaux sont figurés le ciel resplendissant et les signes du zodiaque, six sur le battant de droite, six sur celui de gauche.

Dès que Phaéton, le fils de Clymène, a gravi la voie qui monte à ce palais et qu'il est entré dans la demeure de celui qu'il hésite à croire son père, il se dirige à pas pressés vers le visage du dieu ; mais il s'arrête à quelque distance, car il n'en pouvait supporter l'éclat de plus près. Vêtu d'un manteau de pourpre, Phébus était assis sur un trône tout brillant du feu des émeraudes. À droite et à gauche se tenaient debout le Jour, le Mois, l'Année, les Siècles, les Heures, placées à des intervalles égaux, puis le Printemps, la tête ceinte d'une couronne de fleurs, l'Été nu, portant des guirlandes d'épis, l'Automne, souillé des raisins qu'il a foulés, et le glacial Hiver, hérissé de cheveux blancs. Au milieu d'eux, tandis que le jeune homme reste saisi de crainte devant ce spectacle merveilleux, le Soleil, de ses yeux qui voient tout, l'a aperçu et lui demande : « Quel est le motif de ton voyage ? Qu'es-tu venu chercher sur ces hauteurs, Phaéton, ô mon fils, toi que ton père ne saurait renier ? »

Il répond : « Ô flambeau universel, Phébus, ô mon père, si tu me permets d'user de ce nom et si Clymène ne dissimule pas une faute sous un mensonge, donne-moi, auteur de mes jours, des gages qui attestent que je suis vraiment ton fils et chasse le doute de mon âme. » Ainsi parla-t-il ; son père déposa la couronne de rayons étincelants qui ceignait sa tête, lui ordonna d'approcher et, l'ayant embrassé, lui dit : « Non, il ne serait pas juste que je te renie pour mon fils et Clymène t'a révélé ta véritable origine ; pour dissiper tes doutes, demande-moi la faveur que tu voudras ; je suis prêt à te l'accorder ; je prends à témoin de ma promesse le Styx marécageux par lequel jurent les dieux et que mes yeux n'ont jamais vu. » À peine avait-il achevé que Phaéton demande le char de son père et le droit de conduire un jour entier ses chevaux aux pieds ailés.

Le père se repentit de son serment ; secouant trois ou quatre fois sa tête lumineuse, il dit : « Tes paroles montrent que les miennes étaient téméraires. Ah ! Si je pouvais ne pas tenir ma promesse ! Je l'avoue, c'est la seule chose, mon fils, que je te refuserais. Je puis au moins te dissuader. Ton désir n'est pas sans danger ; tu demandes beaucoup, Phaéton ; cette mission ne convient ni à tes forces ni à ton jeune âge. Tu as le destin d'un mortel mais l'ambition d'un immortel. Même les dieux ne peuvent prétendre à un tel honneur ; dans ton inconscience, tu dépasses leurs prétentions. Chacun d'eux est fier de sa puissance mais aucun ne peut se tenir sur le char qui porte la flamme, excepté moi. Même le souverain du vaste Olympe, dont la main terrible lance la foudre sauvage, ne conduira jamais mon char ; pourtant qu'ai-je de plus grand que Jupiter ?

La première partie de la route est escarpée et, le matin, mes chevaux, tout frais encore, ne la gravissent qu'avec peine ; au milieu du ciel, elle est à une telle hauteur que moi-même, bien souvent, j'ai peur en regardant la mer et la terre et mon cœur palpite d'effroi ; la dernière partie est en pente raide, elle exige une main sûre pour tenir les rênes. Même alors, Téthys, qui attend de me recevoir sous les flots, a toujours peur que j'y sois précipité. Ajoute que le ciel est emporté par une révolution constante qui entraîne les astres élevés et les fait tourner à une vitesse vertigineuse. Mes efforts ont un but opposé : je n'obéis pas, comme tous les autres, à ce mouvement impétueux mais j'accomplis ma course à contresens de cette rotation universelle. Suppose que je te confie mon char ; que feras-tu ? Pourras-tu lutter contre la rotation des pôles et empêcher que l'axe des cieux ne t'emporte dans son élan ?

Peut-être t'imagines-tu trouver là-haut des bois sacrés, des villes habitées par des dieux, des sanctuaires pleins de riches offrandes ; il faut avancer parmi des pièges et des figures de bêtes sauvages. Quand même tu garderais ta direction sans te laisser détourner une fois de ta route, il te faudra passer entre les cornes du Taureau, dressées en

face de toi, l'arc du Centaure Chiron[1], la gueule du Lion
féroce, le Scorpion dont les bras terribles s'incurvent lon-
guement, et le Cancer qui incurve les siens dans la direction opposée. Enfin mes chevaux, excités par le feu qu'ils
portent dans leur poitrail et soufflent par la bouche et les
naseaux, ne sont pas faciles à conduire ; c'est à peine s'ils
tolèrent ma main quand leur ardeur s'est allumée et qu'ils
résistent à mes rênes.

Mon fils, prends garde que je ne t'accorde une faveur
qui te serait fatale ; pendant qu'il en est temps encore,
reconsidère tes vœux. Tu me demandes une preuve certaine que tu es bien mon fils ? Ma crainte en est une ; mes
inquiétudes paternelles prouvent assez que je suis ton
père. Regarde mon visage ; si seulement tu pouvais plonger
tes regards dans mon cœur et y surprendre mes angoisses
de père ! Enfin considère toutes les richesses que ren-
ferme le monde ; entre tous les biens du ciel, de la terre
et de la mer demande-moi celui que tu voudras ; je ne te
repousserai pas. Je ne te refuse qu'une chose qui, à vrai
dire, est une punition plutôt qu'une faveur, car c'est une
punition, Phaéton, que tu me demandes en guise de cadeau !
Pourquoi, insensé, enlaces-tu mon cou entre tes bras
caressants ? N'en doute pas ; je te donnerai tout ce que tu
auras souhaité puisque je l'ai juré par les eaux du Styx ;
mais fais un vœu plus sage ! »

Là s'arrêtèrent les recommandations du dieu. Cependant, rebelle à ce discours, le jeune homme persiste dans
son projet et brûle du désir de monter sur le char. Alors
son père, après avoir retardé ce moment autant qu'il le
pouvait, le conduit vers le char imposant, offert par Vulcain.
L'essieu était d'or, d'or aussi le timon, d'or les cercles qui

---

1. Le Centaure muni de son arc est le signe zodiacal du Sagittaire.

entouraient les roues et d'argent toute la série des rayons ;
sur le joug, des chrysolithes et des pierreries régulièrement
disposées renvoyaient à Phébus le reflet de sa lumière.
Tandis que Phaéton au grand cœur admire tous les détails
de cet ouvrage, voici que du côté de l'Orient qui s'éclaire
la vigilante Aurore a ouvert sa porte empourprée et sa
cour toute pleine de la couleur des roses. Les étoiles fuient ;
Lucifer, l'Étoile du matin, rassemble leur troupe et quitte
en dernier son poste dans le ciel. Quand Apollon le voit
gagner la terre, le ciel rougir et les extrémités du croissant
de la lune comme s'évanouir, il ordonne aux Heures rapides d'atteler ses chevaux. Les déesses exécutent promptement ses ordres ; des étables célestes elles amènent les
coursiers vomissant du feu, repus d'ambroisie, et elles
ajustent leurs harnais sonores. Alors le dieu répand sur le
visage de son fils une essence divine qui doit lui permettre
d'être protégé des flammes dévorantes ; il couronne de
rayons la chevelure du jeune homme ; puis, exhalant de sa
poitrine inquiète des soupirs qui présagent son deuil, il
lui dit :

« Si tu peux au moins obéir aux derniers conseils de
ton père, sers-toi plus des rênes que de l'aiguillon, mon
enfant ; mes chevaux galopent d'eux-mêmes ; la difficulté
est de contenir leur ardeur. Ne choisis pas pour ta route
la ligne droite qui coupe les cinq zones du ciel. Il y a un
chemin tracé obliquement qui décrit une large courbe et
ne traverse que trois zones, en évitant le pôle austral et la
Grande Ourse glaciale : c'est par là qu'il te faut prendre.
Tu distingueras nettement les traces de mes roues. Afin de
distribuer au ciel et à la terre une chaleur égale, n'abaisse
pas trop ta course et ne la pousse pas non plus trop vers
les sommets de l'éther. Si tu t'égares trop haut, tu brûleras
les demeures célestes ; trop bas, la terre ; le milieu est
pour toi le chemin le plus sûr. Prends garde que tes roues,

trop à droite, ne te fassent dévier vers les nœuds du Serpent ; ou que, trop à gauche, elles ne te conduisent vers la
région basse de l'Autel[1] ; gouverne à égale distance de l'un
et de l'autre ; j'abandonne le reste à la Fortune. Je sou-
haite qu'elle te vienne en aide et qu'elle veille sur toi
mieux que toi-même. Mais pendant que je parle, la nuit
humide a gagné les derniers rivages de l'Occident ; nous ne
sommes pas libres de tarder davantage ; on nous appelle.
L'Aurore a mis les ténèbres en fuite ; elle brille. Prends les
rênes en main ou, si ton cœur est capable de changer, pro-
fite de mes conseils et non pas de mon char, pendant que
tu le peux encore et que tes pieds sont sur un terrain stable, avant d'avoir pris place sur ce char auquel aspirent tes
vœux insensés. Si tu veux que tes yeux jouissent en sûreté
de la lumière, laisse-moi éclairer la terre ! »

Mais Phaéton a déjà pris possession du char, à peine
alourdi par son jeune corps ; il s'y tient debout, tout joyeux
de toucher de ses mains les rênes qui lui sont confiées, et
rend grâce à son père, qui lui cède à regret. Cependant les
quatre rapides coursiers du Soleil, l'Ardent, l'Oriental, le
Brûlant et le Brillant, remplissent les airs de leurs hennis-
sements et de leur souffle enflammé, et ruent contre les
barrières. Dès que Téthys[2], ignorant la destinée de son
petit-fils, ouvre ces barrières devant eux et leur livre le
ciel immense, ils prennent leur essor en agitant leurs
sabots dans les airs. Ils fendent les nuages qui leur font
obstacle et, soulevés par leurs ailes, ils dépassent le vent
d'est qui se lève dans la même région. Mais le char était
plus léger que les chevaux du Soleil ne pouvaient le savoir ;

---

1. Le Serpent et l'Autel sont des constellations, la première dans
l'hémisphère Nord, la seconde dans l'hémisphère Sud.
2. Grand-mère de Phaéton et déesse de la mer, qui accueille le
Soleil plongeant dans les eaux à la fin de son voyage.

le joug n'avait plus son poids ordinaire. Comme les navires vacillent, faute du lest nécessaire, et sont le jouet des flots qui les emportent, à cause de leur trop grande légèreté, ainsi le char, dépourvu de sa charge accoutumée, bondit dans les airs ; à ses profondes secousses on dirait un char vide. Dès que le quadruple attelage s'en est aperçu, il accélère, quitte la piste tracée et change de direction. Phaéton s'épouvante ; il ne sait de quel côté tirer les rênes confiées à ses soins ; il ne sait quelle route il doit suivre et, même s'il le savait, il ne contrôlerait pas ses coursiers. Pour la première fois, les étoiles glacées de la Petite et de la Grande Ourse s'échauffèrent sous les rayons du soleil et tentèrent vainement de se plonger dans la mer qui leur est interdite. Le Serpent, la constellation la plus proche du pôle glacial, était jusque-là engourdi par le froid et sans danger pour personne, mais il puisa dans la chaleur qui le pénétrait une rage inconnue. Toi aussi, Bouvier[1], tu t'enfuis, dit-on, bouleversé, malgré ta lenteur et ton chariot qui te retenait.

Quand le malheureux Phaéton, du haut de l'éther, jeta ses regards sur la terre qui s'étendait si loin au-dessous de lui, il pâlit ; une terreur subite fit trembler ses genoux et, au milieu d'une si grande lumière, les ténèbres couvrirent ses yeux. Il préférerait maintenant n'avoir jamais touché aux chevaux de son père ; il regrette de connaître son origine et d'avoir obtenu ce qu'il voulait ; il aimerait bien n'être que le fils de Mérops[2]. Il est emporté comme un vaisseau poussé par les bourrasques du vent du nord à qui son pilote a lâché la bride impuissante, l'abandonnant aux dieux et aux prières. Que pourrait-il faire ? Derrière lui, il a déjà laissé un vaste espace du ciel ; devant ses yeux un autre s'étend, plus vaste encore ; sa pensée les mesure tous les

1. Constellation.
2. Mari de Clymène, la mère de Phaéton.

deux. Tantôt il regarde au loin le couchant, que le destin lui interdit d'atteindre, tantôt il regarde en arrière du côté du levant ; ne sachant quoi faire, il demeure interdit ; il ne peut ni relâcher ni serrer les rênes ; il ne connaît même pas les noms des chevaux. Il voit partout des prodiges, dans toutes les régions du ciel, et des figures d'animaux monstrueux qui le font trembler d'effroi. Il est un lieu où le Scorpion forme deux arcs avec ses pinces ; fléchissant sa queue et ses bras arrondis de chaque côté, il couvre de ses membres l'espace de deux signes du zodiaque. Quand le jeune garçon l'aperçut, tout suintant d'un venin noir et prêt à frapper de son dard recourbé, une peur glaçante lui paralysa l'esprit et il lâcha les rênes.

Dès que les chevaux les sentent flotter et battre sur leur dos, libres de tout frein, ils s'écartent de leur route et se dirigent dans les airs vers des régions inconnues. Partout où leur fougue les pousse, ils se ruent au hasard. Ils se heurtent aux étoiles fixes dans les hauteurs de l'éther et entraînent le char à travers des abîmes. Tantôt ils montent vers les sommets, tantôt par des descentes et des précipices ils sont emportés vers des espaces voisins de la terre. La Lune s'étonne de voir les chevaux de son frère[1] courir plus bas que les siens. Les nuages consumés s'évaporent ; les flammes dévorent les lieux les plus élevés de la terre ; elle se fend, s'entrouvre et, privée de liquides, se dessèche. Les pâturages blanchissent ; l'arbre brûle avec ses feuilles ; la moisson déjà sèche alimente son propre désastre. Il y a pire : de grandes villes périssent avec leurs remparts ; des territoires entiers ainsi que leur population sont réduits en cendres par l'incendie. Des forêts brûlent avec les montagnes : on voit brûler l'Athos, le Taurus de Cilicie, le Tmolus,

---

1. Diane, la déesse de la Lune, est la sœur jumelle d'Apollon, le dieu du Soleil.

l'Œta, l'Ida aride ce jour-là, mais jusqu'alors arrosé par de nombreuses sources, l'Hélicon, séjour des vierges divines, l'Hémus, qui n'était pas encore la montagne d'Œagre, le père d'Orphée. On voit brûler l'Etna, dont les feux, doublés de ceux du ciel, forment un brasier démesuré, le Parnasse aux deux têtes, l'Éryx, le Cynthe, l'Othrys, le Rhodope près d'être dépouillé de ses neiges, le Mimas, le Dindyme, le Mycale et le Cithéron, destiné au culte d'un dieu. La Scythie n'est plus défendue par ses frimas ; on voit brûler le Caucase ainsi que l'Ossa et le Pinde, et l'Olympe, plus élevé que l'un et l'autre, les Alpes aux cimes aériennes et l'Apennin couronné de nuages.

Alors Phaéton voit l'univers tout entier en flammes. Il ne peut supporter une chaleur si violente ; l'air brûlant qu'il inspire à chaque respiration semble sorti des profondeurs d'une fournaise ; il sent que son char est chauffé à blanc. Les cendres et les étincelles lancées autour de lui deviennent intolérables et il est enveloppé de tous côtés par une fumée ardente. Où va-t-il ? Où est-il ? Au milieu des ténèbres de poix qui obscurcissent ses regards, il n'en sait plus rien et il se laisse emporter par ses chevaux ailés. [...] En tous lieux le sol est sillonné de fentes, par où la lumière pénètre dans le Tartare[1], remplissant de terreur le roi des Enfers et son épouse ; la mer se resserre ; des plaines de sables arides remplacent ce qui était naguère l'océan ; couvertes jusque-là par des eaux profondes, des montagnes surgissent et augmentent le nombre d'îles des Cyclades éparses. Les poissons descendent au fond des abîmes ; les dauphins arqués n'osent plus, suivant leur coutume, bondir au-dessus des vagues dans les airs ; des corps

---

1. Le Tartare est la région la plus profonde des Enfers, où se trouve le palais de Pluton et de son épouse Proserpine (Perséphone en grec).

de phoques, couchés sur le dos, flottent sans vie à la surface des mers. Nérée lui-même, dit-on, ainsi que Doris[1] et ses filles allèrent se cacher au fond de leurs grottes déjà tièdes. Trois fois Neptune menaçant osa élever hors des eaux son visage et ses bras ; trois fois il lui fut impossible de supporter l'air embrasé.

Cependant la Terre nourricière, environnée par l'océan, placée entre les eaux de la mer et les sources partout réduites, qui s'étaient enfouies dans ses entrailles impénétrables, la Terre aride souleva jusqu'au cou son visage oppressé ; elle mit sa main devant son front et, ébranlant tout par l'intensité de ses tremblements, elle s'affaissa un peu au-dessous de sa place ordinaire ; puis, d'une voix rauque, elle s'exprima ainsi : « Si telle est ta décision et si je l'ai méritée, pourquoi ta foudre reste-t-elle inactive, ô Jupiter, souverain des dieux ? Si je dois périr par le feu, qu'il me soit permis de périr par le tien et d'alléger mon malheur en songeant que tu en es l'auteur. C'est à peine si je puis entrouvrir ma gorge pour exhaler ces paroles (la chaleur lui avait fermé la bouche) ; tiens, regarde mes cheveux ravagés par la flamme, toute cette cendre brûlante qui couvre mes yeux et mon visage. Est-ce là ma récompense, est-ce là le prix dont tu m'honores pour ma fertilité et mes bienfaits, moi qui supporte les blessures du soc recourbé et de la herse, moi qui me laisse travailler toute l'année, moi qui fournis aux troupeaux le feuillage, au genre humain des récoltes d'où il tire une douce nourriture, et à vous-mêmes de l'encens ? Et même si j'ai mérité ma ruine, quel châtiment ont mérité les eaux et ton frère Neptune ? Pourquoi voit-on le niveau des mers, que le sort lui a attribuées, descendre si bas au-dessous du

---

1. Nérée et son épouse Doris sont des divinités marines, parents des nymphes de la mer, les Néréides.

ciel ? Si ni la terre ni la mer ne peuvent te toucher, aie au moins pitié du ciel ; regarde les deux pôles ; tous deux fument déjà ; si le feu les gagne, vos palais s'écrouleront. Voici Atlas lui-même qui souffre et peut à peine soutenir sur ses épaules l'axe du monde incandescent. Si la mer, la terre et le ciel périssent, nous retomberons dans la confusion de l'ancien chaos. Sauve des flammes ce qui subsiste et veille au salut de l'univers. » La Terre n'en dit pas davantage ; car elle ne put supporter plus longtemps la chaleur ni poursuivre son discours ; elle se retira en elle-même et cacha sa tête dans des cavernes voisines du monde des morts.

Jupiter, le père tout-puissant, prit alors à témoin les dieux, y compris celui qui avait prêté son char, que le monde allait périr victime d'un destin terrible s'il ne venait à son secours. Il monte au sommet des cieux d'où il a coutume d'étendre les nuages sur la vaste terre, d'où il agite le tonnerre, d'où il brandit et lance la foudre. Mais il ne trouva pas de nuages à étendre sur la terre, ni de pluies à répandre du ciel. Il tonne et, balançant la foudre du côté de son oreille droite, il la lance contre le conducteur. Il expulse d'un seul coup Phaéton de la vie et du char, et arrête les progrès du feu par un feu plus violent. Les chevaux, épouvantés, bondissent dans des sens opposés, brisent leur joug, déchirent leurs harnais et s'en échappent. Ici gisent les rênes, là un essieu arraché du timon ; ailleurs sont dispersés sur un large espace les rayons des roues brisées et les restes du char déchiqueté.

Phaéton, sa chevelure rougeoyante ravagée par les flammes, tournoie tête la première à travers les airs où il laisse en passant une longue traînée, semblable à celle que produit parfois une étoile au milieu d'un ciel serein, lorsque sans tomber réellement, elle peut sembler tomber. Bien loin de sa patrie, dans l'hémisphère opposé, il est reçu par le fleuve Éridan[1], qui baigne son visage fumant. Les Naïades déposent dans un tombeau son corps qui fume, consumé par la foudre aux trois dards, et elles inscrivent ces mots sur la pierre : « Ci-gît Phaéton, conducteur du char de son père ; il ne put le maîtriser mais tomba victime d'une noble audace. » Le malheureux père, accablé de douleur, avait caché son visage sous un voile de deuil ; s'il faut en croire la tradition, un jour s'écoula sans soleil ; l'incendie seul éclaira le monde et trouva ainsi quelque utilité dans ce désastre.

---

1. L'Éridan est assimilé au Pô, en Italie.

Jupiter et Europe

Sans lui avouer l'amour qui le fait parler, Jupiter prend Mercure à part et lui dit : « Mon fils, fidèle exécuteur de mes commandements, ne t'attarde pas ; descends sur la terre avec ta vitesse accoutumée. Il est un pays qui, à notre gauche, lève ses regards vers ta mère[1] et que les habitants appellent le pays de Sidon[2] ; c'est là que tu dois aller ; au loin, dans les prés de la montagne, tu verras paître un troupeau royal ; emmène-le vers le rivage. »

Il dit et aussitôt les taureaux, chassés de la montagne, s'acheminent, comme il l'a ordonné, vers le rivage où Europe, la fille du puissant roi de cette contrée, avait coutume de jouer avec des jeunes filles de Tyr, ses compagnes. La majesté et l'amour ne font pas bon ménage et ne cohabitent jamais longtemps : le père et souverain des dieux, celui qui tient la triple foudre dans la main droite et qui ébranle l'univers d'un simple mouvement de tête, abandonne son sceptre et revêt l'apparence d'un taureau. Il se mêle au troupeau, mugit et promène ses belles formes sur l'herbe tendre. Il est blanc comme la neige avant

---

1. Maïa, la mère de Mercure, fait partie de la constellation des Pléiades.
2. Ville de Phénicie (Liban actuel).

qu'elle soit piétinée ou détrempée par le souffle humide de l'Auster.

Son cou est gonflé de muscles ; son fanon pend jusqu'à ses épaules ; ses cornes sont petites, mais on pourrait soutenir qu'elles ont été faites à la main et elles sont plus translucides qu'un diamant pur. Son front n'a rien de menaçant, ses yeux rien de redoutable ; une expression de paix règne sur sa face. La fille du roi Agénor s'émerveille de voir un animal si beau et qui n'a pas l'air de chercher les combats ; pourtant, malgré tant de douceur, elle craint d'abord de le toucher. Bientôt elle s'en approche, elle présente des fleurs à sa bouche blanche. L'amoureux est saisi de joie et, en attendant la volupté qu'il espère, il lui baise les mains ; c'est avec peine maintenant, oui avec peine, qu'il remet le reste à plus tard. Tantôt il folâtre et bondit sur l'herbe verte, tantôt il couche son flanc de neige sur le sable fauve ; lorsqu'il a peu à peu dissipé la crainte de la jeune fille, il lui présente tantôt son poitrail pour qu'elle le flatte de la main, tantôt ses cornes pour qu'elle y enlace des guirlandes fraîches. La princesse ose même, ignorant qui la porte, s'asseoir sur le dos du taureau. Alors le dieu, quittant par degrés le terrain sec du rivage, baigne dans les premiers flots ses pieds trompeurs ; puis il s'en va plus loin et il emporte sa proie en pleine mer. La jeune fille, effrayée, se retourne vers la plage d'où il l'a enlevée ; de sa main droite elle tient une corne ; elle a posé son autre main sur la croupe ; ses vêtements, agités d'un frisson, ondulent au gré des vents.

Diane et Actéon

Il y avait une montagne que des bêtes sauvages de toute espèce avaient baignée de leur sang ; déjà le jour au milieu de sa course y avait rétréci les ombres et le soleil se trouvait à égale distance de ses deux bornes lorsque, d'une voix calme, Actéon appelle ses compagnons de chasse qui arpentaient des bois isolés : « Nos filets et nos armes, compagnons, sont trempés du sang des bêtes fauves et cette journée nous a valu assez de succès ; demain, quand l'Aurore, montée sur son char couleur de safran, ramènera la lumière, nous reprendrons la tâche que nous nous sommes fixée ; en ce moment, Phébus est à égale distance des deux extrémités de la terre et ses rayons brûlants fendent le sol des campagnes. Arrêtez-vous maintenant et relevez vos filets noueux. » Dociles à ses ordres, les chasseurs interrompent leurs travaux.

Là s'étendait une vallée qu'ombrageaient des épicéas et des cyprès à la cime pointue ; on nomme Gargaphie ce lieu consacré à Diane, la déesse à la courte tunique[1] ; dans la partie la plus retirée du bois s'ouvre une grotte où rien n'est une création de l'art, mais où le génie de la nature a

---

1. Dans sa tenue de chasseresse, Diane est vêtue d'une tunique retroussée.

imité l'art en formant avec la pierre ponce vive et le tuf
léger une voûte naturelle. Sur la droite murmure une
petite source, dont l'eau transparente remplit un large bassin entouré d'une bordure d'herbe verte. C'est là que la
déesse des forêts, quand elle était fatiguée de la chasse,
avait coutume de répandre une eau limpide sur son corps
virginal. Aussitôt entrée dans cette grotte, elle remet à la
nymphe qui a soin de ses armes son javelot, son carquois
et son arc détendu ; une autre reçoit sur ses bras la robe
dont la déesse s'est dépouillée ; deux autres détachent les
chaussures de ses pieds ; plus adroite qu'elles, Crocalé, la
Thébaine, noue les cheveux épars sur le cou de Diane,
tandis que les siens flottent en désordre. Cinq autres nymphes, Néphélé, Hyalé, Rhanis, Psécas et Phialé, prennent
de l'eau à la source et la versent de leurs vases bombés.
Pendant que Diane s'arrose de cette eau familière, voici
qu'Actéon, qui avait suspendu sa chasse et s'aventurait
d'un pas incertain dans ces taillis inconnus, parvient au bois
sacré ; car c'était là que le poussait sa destinée.

À peine eut-il pénétré dans la grotte où coule l'eau de
la source que les nymphes, dans l'état de nudité où elles se
trouvaient, se mirent soudain, en apercevant un homme, à
se frapper la poitrine et à remplir toute la forêt de leurs
cris perçants ; pressées autour de Diane, elles lui firent un
abri de leurs corps ; mais la déesse est plus grande qu'elles,
elle les dépasse toutes de la tête. Comme des nuages
reflètent les rayons du soleil qui les frappent en face, ou
comme l'aurore se colore de pourpre, ainsi Diane rougit
d'avoir été vue sans vêtement. Quoique environnée par la
foule de ses compagnes, elle se tint de côté et détourna
son visage ; elle aurait bien voulu avoir des flèches sous
la main ; elle prit ce qu'elle avait, de l'eau, la jeta à la figure
du jeune homme et, répandant sur ses cheveux ces gout-
tes vengeresses, elle ajouta ces paroles qui lui annonçaient

sa perte prochaine : « Maintenant va raconter que tu m'as vue sans voile ; si tu le peux, j'y consens. » Bornant là ses menaces, elle fait naître sur la tête ruisselante du malheureux les cornes d'un cerf vivace, elle allonge son cou, termine en pointe le bout de ses oreilles, change ses mains en pieds, ses bras en longues jambes et couvre son corps d'une peau tachetée. Elle y ajoute une âme craintive ; le héros, fils d'Autonoé, prend la fuite et, tout en courant, s'étonne de sa rapidité. Lorsqu'il aperçut dans l'eau sa figure et ses cornes : « Malheureux que je suis ! » allait-il s'écrier ; mais aucune parole ne sortit de sa bouche. Il gémit ; ce fut tout son langage ; ses larmes coulèrent sur une face qui n'était plus la sienne ; seule sa raison lui restait encore. Que devait-il faire ? Rentrer chez lui, dans la demeure royale, ou bien se cacher dans les forêts ? La honte lui interdit le premier parti ; la crainte, le second. Tandis qu'il hésite, ses chiens l'ont aperçu. [...] Cette meute, avide de sa proie, à travers les rochers, les escarpements, les blocs inaccessibles, sur des terrains difficiles ou sans routes, poursuit le jeune homme. Il fuit dans ces mêmes lieux où il a si souvent poursuivi le gibier ; hélas ! oui, il fuit ceux qui étaient à son service. Il aurait voulu leur crier : « Je suis Actéon, reconnaissez votre maître. » Les mots n'obéissent plus à sa volonté ; seuls des aboiements font retentir les airs. Mélanchétès lui donne dans le dos le premier coup de dents ; Thérodamas, le second ; Orésitrophos s'accroche à son épaule ; ils étaient partis plus tard que les autres, mais par les raccourcis de la montagne ils les ont devancés. Tandis qu'ils retiennent leur maître, le reste de la meute se rassemble ; tous les crocs s'abattent à la fois sur son corps. Bientôt la place y manque pour de nouvelles blessures ; il gémit et, si sa voix n'est plus celle d'un homme, elle n'est pourtant pas celle qu'un cerf pourrait faire entendre ; il remplit de ses plain-

tes douloureuses les hauteurs qui lui étaient familières ;
fléchissant les genoux en suppliant, dans l'attitude de la
prière, il tourne de tous côtés, à défaut de bras, sa face
muette, mais ses compagnons, sans le reconnaître, excitent
par leurs encouragements ordinaires la meute déchaînée ;
ils cherchent Actéon des yeux ; comme s'il était absent, ils
crient à l'envi « Actéon ! » (celui-ci, en entendant son nom,
tourne la tête), ils se plaignent de son absence et de sa
lenteur à venir contempler la proie qui lui est offerte. Il
voudrait bien être absent ; mais il est présent ; il voudrait
bien voir, sans en être aussi victime, les sauvages exploits
de ses chiens. Ils se dressent de tous côtés autour de lui
et, le museau plongé dans le corps de leur maître, caché
sous la forme trompeuse d'un cerf, ils le mettent en lambeaux. On raconte que la colère de Diane, la déesse au
carquois, ne fut assouvie que lorsque ses innombrables
blessures lui firent perdre la vie.

Narcisse et Écho

Tirésias, dans les villes de l'Aonie, où s'était répandue partout sa renommée, donnait ses réponses infaillibles au peuple qui venait le consulter. La première qui fit l'épreuve de la vérité de ses oracles fut Liriope aux cheveux d'azur ; jadis le fleuve Céphise l'enlaça dans son cours sinueux et lui fit violence en la retenant prisonnière dans ses eaux. Douée d'une rare beauté, elle conçut et mit au monde un enfant qui, dès sa naissance, était digne d'être aimé des nymphes ; elle l'appela Narcisse. Elle vint demander au devin si la vie de l'enfant se prolongerait jusqu'à une vieillesse avancée ; Tirésias, interprète de la destinée, répondit : « S'il ne se connaît pas. » Longtemps on prit cet oracle pour des paroles vides, mais il fut justifié par les circonstances de la mort de Narcisse et par son étrange délire. À seize ans déjà, il pouvait passer aussi bien pour un enfant que pour un jeune homme ; chez beaucoup de jeunes gens et chez beaucoup de jeunes filles il faisait naître le désir ; mais sa beauté encore tendre cachait un orgueil si dur que ni jeunes gens ni jeunes filles ne purent le toucher.

Un jour que Narcisse chassait vers ses filets des cerfs tremblants, il frappa les regards d'Écho, la nymphe à la voix sonore qui ne sait ni se taire quand on lui parle, ni parler la première. En ce temps-là, Écho avait un corps ; ce n'était pas simplement une voix et pourtant sa bouche bavarde ne lui servait qu'à renvoyer, comme aujourd'hui, les derniers mots de tout ce qu'on lui disait. Ainsi l'avait voulu Junon ; quand la déesse pouvait surprendre les nymphes qui, dans les montagnes, s'abandonnaient aux caresses de son Jupiter, Écho s'appliquait à la retenir par de longs entretiens, pour donner aux nymphes le temps de fuir. La fille de Saturne s'en aperçut : « Cette langue qui m'a trompée, dit-elle, ne te servira plus guère et tu ne feras plus de ta voix qu'un très bref usage. » Elle mit sa menace à exécution. Écho peut seulement répéter les derniers sons émis par la voix et rapporter les mots qu'elle a entendus.

Donc à peine a-t-elle vu Narcisse errant à travers des campagnes reculées que, brûlée de désir, elle suit furtivement ses traces ; plus elle le suit, plus elle se rapproche du feu qui l'embrase ; le soufre vivace dont on enduit l'extrémité des torches ne s'allume pas plus rapidement au contact de la flamme. Oh ! que de fois elle voulut l'aborder avec des paroles caressantes et lui adresser de douces prières ! Sa nature s'y oppose et ne lui permet pas de commencer mais, puisqu'elle en a la permission, elle est prête à guetter des sons auxquels elle pourra répondre par des paroles.

Narcisse se trouva séparé de la troupe de ses fidèles compagnons et cria : « Y a-t-il quelqu'un près de moi ? » « Moi », répond Écho. Plein de stupeur, il promène de tous côtés ses regards. « Viens ! » crie-t-il à pleine voix ; à son appel elle répond par un appel. Il se retourne et, ne voyant venir personne, demande : « Pourquoi me fuis-tu ? » Il recueille autant de paroles qu'il en a prononcées. Il s'arrête et, trompé par la voix qui semble alterner avec la sienne, il insiste : « Ici ! Réunissons-nous ! » Il n'y avait pas de mot auquel Écho pût répondre avec plus de plaisir : « Unissons-nous ! », répète-t-elle. Charmée par ses propres paroles,

elle sort de la forêt et veut jeter ses bras autour du cou
tant espéré. Narcisse fuit et, tout en fuyant, lui crie :
« Retire ces mains qui m'enlacent ; plutôt mourir que
t'appartenir ! » Elle ne répéta que ces paroles : « t'appartenir ! » Méprisée, elle se cache dans les forêts ; elle abrite
sous les feuillages son visage accablé de honte et depuis
lors vit dans des cavernes solitaires ; mais son amour est
resté gravé dans son cœur et le chagrin d'avoir été repous-
sée ne fait que l'accroître. Les soucis qui la tiennent éveillée
épuisent son corps misérable, la maigreur dessèche sa peau,
toute la sève de ses membres s'évapore. Il ne lui reste que
la voix et les os ; sa voix est intacte, ses os ont pris, dit-on,
la forme d'un rocher. Depuis, cachée dans les forêts, elle
ne se montre plus sur les montagnes ; mais tout le monde
l'entend ; un son, voilà tout ce qui survit en elle.

Comme cette nymphe, d'autres, nées dans les eaux ou
sur les montagnes, et auparavant une foule de jeunes gens
s'étaient vus dédaignés par Narcisse. Quelqu'un qu'il avait
méprisé, levant les mains vers le ciel, s'écria : « Puisse-t-il
aimer, lui aussi, et ne jamais posséder l'objet de son
amour ! » Némésis, la déesse de la vengeance, exauça cette
juste prière. Il y avait une source limpide dont les eaux
brillaient comme de l'argent ; jamais les bergers ni les chèvres qu'ils faisaient paître sur la montagne, ni aucun autre
bétail ne l'avaient effleurée ; jamais un oiseau, une bête
sauvage ou un rameau tombé d'un arbre n'en avait troublé
la pureté. Ses eaux irriguaient aux alentours une herbe
verte et une forêt qui préservait le lieu de la chaleur du
soleil. C'est là que, fatigué par l'excitation de la chasse et
la chaleur du jour, Narcisse vint s'allonger, séduit par le
site et la fraîcheur de la source. Il désire apaiser sa soif
mais sent naître en lui une autre soif : tandis qu'il boit, il
est captivé par la beauté de l'image qu'il aperçoit dans l'eau.

Il se prend de passion pour une illusion sans corps ; il prend pour un corps ce qui n'est qu'un reflet. Il s'extasie sur lui-même et demeure immobile, le visage impassible, semblable à une statue taillée dans le marbre de Paros.

Étendu sur le sol, il contemple deux astres, ses propres yeux, et sa chevelure digne de Bacchus et non moins digne d'Apollon, ses joues lisses, son cou d'ivoire, sa bouche gracieuse, son teint qui mêle l'éclat du vermeil et la blancheur de la neige : il admire tout ce que les autres admirent en lui. Sans s'en douter, il se désire lui-même. Il est l'amant et l'objet aimé ; il désire et est désiré ; il attise la flamme qui le consume. Que de fois il donne en vain des baisers à cette source trompeuse ! Que de fois, il plonge ses bras pour enlacer le cou qu'il a vu au milieu des eaux, sans pouvoir jamais l'atteindre ! Il ignore ce qu'il voit mais ce qu'il voit l'enflamme ; l'illusion qui trompe ses yeux les excite. Crédule enfant, pourquoi t'obstines-tu vainement à saisir une image fugace ? Ce que tu recherches n'existe pas ; l'objet que tu aimes, détourne-toi et il s'évanouira. Le fantôme que tu aperçois n'est qu'un reflet de ton image, sans substance propre. Il vient et reste avec toi ; et il s'éloignera avec toi — si tu peux t'éloigner !

Ni la faim ni le besoin de sommeil ne peuvent l'arracher de ce lieu. Allongé sur l'herbe ombragée, il contemple d'un regard insatiable l'image mensongère. Ses propres yeux le perdent. Se soulevant légèrement et tendant les bras vers les arbres qui l'entourent : « Ô forêts, se plaint-il, jamais amant a-t-il subi un sort plus cruel ? Vous le sauriez car vous avez souvent offert à l'amour un refuge opportun. Vous, qui vivez depuis tant de siècles, vous souvient-il d'avoir jamais vu dans cette longue période un amant dépérir comme moi ? Un être me charme et je le vois ; mais cet être que je vois et qui me charme, je ne peux

Narcisse et Écho 49

l'atteindre, tant l'amour m'égare. Pour comble de douleur, il n'y a entre nous ni vaste mer, ni longues routes, ni montagnes, ni remparts aux portes closes ; c'est un peu d'eau qui nous sépare. Lui aussi, il désire mon étreinte, car chaque fois que je tends mes lèvres vers ces eaux limpides pour un baiser, chaque fois il s'efforce de lever vers moi sa bouche. Il semble que je peux le toucher ; seul un tout petit obstacle s'oppose à notre amour. Qui que tu sois, viens ici ! Pourquoi te jouer ainsi de moi, enfant à nul autre pareil ? Où fuis-tu, quand je te cherche ? Ce ne sont en tout cas ni mon apparence ni mon âge qui peuvent te faire fuir ; même des nymphes m'ont aimé. Ton visage amical me promet je ne sais quel espoir ; quand je te tends les bras, tu me tends les tiens de toi-même ; quand je te souris, tu me souris. Souvent même, j'ai vu couler tes pleurs quand je pleurais ; tu réponds à mes signes en inclinant la tête et, autant que j'en puis juger par le mouvement de ta jolie bouche, tu me renvoies des paroles qui n'arrivent pas jusqu'à mes oreilles. Cet enfant, c'est moi ! Je viens de le comprendre et mon image ne me trompe plus. Je brûle d'amour pour moi-même et la flamme que je porte est la flamme que j'allume ! Que puis-je faire ? Attendre d'être imploré ou implorer moi-même ? Et puis, quelle faveur demander maintenant ? Ce que je désire, je l'ai en moi ; c'est ma richesse qui a causé ce manque. Ah ! si je pouvais me séparer de mon corps ! Je voudrais que ce que j'aime soit loin de moi — vœu inédit pour un amant ! Déjà la douleur épuise mes forces ; il ne me reste plus longtemps à vivre, je vais m'éteindre à la fleur de l'âge. La mort ne m'est pas pénible, car elle mettra fin à mes souffrances ; j'aurais voulu que cet objet de ma tendresse vive plus longtemps ; mais, unis par nos deux cœurs, nous mourrons d'un même soupir. »

À ces mots, il revint, dans son délire, contempler son image ; ses larmes troublèrent les eaux et l'agitation du bassin obscurcit l'apparition. Quand il la vit s'effacer, il s'écria : « Où fuis-tu ? Reste, cruel, n'abandonne pas celui qui t'adore. Ce que je ne peux toucher, laisse-moi au moins le contempler ! Laisse-moi alimenter ma triste folie ! » Au milieu de ces plaintes, il arracha son vêtement par le haut et, de ses mains blanches comme le marbre, frappa sa poitrine nue qui, sous les coups, se colora d'une teinte de rose ; ainsi souvent les pommes sont blanches d'un côté et rosissent de l'autre ; ainsi la grappe de raisin aux tons changeants se tache de pourpre avant d'être mûre. L'eau était redevenue limpide. Dès qu'il se vit ainsi, il n'en put supporter davantage ; comme la cire dorée fond devant une flamme légère ou le givre du matin sous les premiers rayons du soleil, ainsi Narcisse se dissout, consumé par l'amour, et succombe au feu secret qui le dévore lentement. Il a déjà perdu ce teint blanc nuancé de vermeil ; il a perdu sa vigueur, ses forces et tout ce qui charmait la vue ; dans son corps il ne reste plus rien de la beauté que jadis Écho avait aimée. Quand elle le revit, malgré sa colère et ses souvenirs, elle le prit en pitié. Chaque fois que le malheureux jeune homme s'était écrié « Hélas ! », la voix de la nymphe lui avait répondu en répétant : « Hélas ! » Quand de ses mains il s'était frappé les bras, elle lui avait renvoyé le son de ses coups. Il prononça ses dernières paroles en regardant toujours vers l'eau de la source : « Hélas ! enfant que j'ai vainement chéri ! » Les lieux alentour lui renvoyèrent les mêmes mots, en nombre égal ; et quand il dit : « Adieu ! » — « Adieu ! », lui dit Écho. Il laissa tomber sa tête lasse sur l'herbe verte ; la mort ferma ses yeux qui admiraient encore la beauté de leur maître. Même après son entrée au séjour infernal, il continua de se regarder dans l'eau du Styx. Ses sœurs, les Naïades, le pleurèrent et consacrèrent à leur frère leurs cheveux coupés. Les Dryades[1] le pleurèrent aussi ; Écho répéta leurs gémissements. Déjà on préparait le bûcher, les torches qu'on secoue dans les airs et la civière funèbre ; le corps avait disparu ; à la place du corps, on trouve une fleur couleur de safran dont le centre est entouré de blancs pétales.

---

1. Les Dryades sont les nymphes des arbres ; les Naïades celles des sources et des rivières.

Pyrame et Thisbé

Pyrame et Thisbé, lui le plus beau des jeunes gens, elle la plus admirée des filles de l'Orient, habitaient deux maisons contiguës à Babylone, la ville que Sémiramis[1] avait ceinte d'une haute muraille de brique. Ce voisinage les amena à se connaître et favorisa les premiers progrès de leur amour ; il ne fit que grandir avec le temps. Ils se seraient même unis par le mariage si leurs pères ne les en avaient empêchés ; une égale passion embrasait leurs deux cœurs : cela aucun père ne peut l'empêcher. Ils n'ont aucun confident : ils se parlent par gestes et par signes. Plus leur flamme est cachée, plus elle est ardente. Depuis le jour de sa construction, le mur mitoyen de leurs deux maisons était fendu d'une petite fissure ; personne, au cours des siècles, ne s'en était aperçu. Mais l'amour voit tout ! Vous fûtes les premiers à la remarquer, jeunes amoureux, et elle servit de passage à vos voix. Par là vos tendres paroles, tout doucement murmurées, arrivaient sans danger à leur but. Souvent, quand Thisbé se tenait d'un côté du mur et Pyrame de l'autre, et qu'ils avaient tour à tour recueilli le souffle de leurs bouches, ils disaient : « Mur jaloux, pourquoi t'opposes-tu à notre amour ? Que t'en

---

1. Reine légendaire de Babylone.

coûterait-il de permettre à nos corps de s'unir ou, si c'est trop demander, de t'ouvrir assez pour que nous échangions au moins des baisers ? Mais nous ne sommes pas des ingrats ; c'est grâce à toi, nous l'admettons, que nos paroles peuvent cheminer jusqu'aux oreilles aimées. » Après avoir séparément tenu ces propos en pure perte, ils se dirent adieu à l'approche de la nuit et chacun donna sur le mur des baisers qui n'atteignaient pas l'autre côté.

Quand l'aurore du lendemain eut chassé les astres de la nuit et que le soleil eut séché de ses rayons les herbes couvertes de givre, ils revinrent à leur rendez-vous. Alors, après de longues plaintes murmurées à voix basse, ils décident qu'à la faveur du silence de la nuit ils essaieront de tromper leurs gardiens et de franchir leurs portes ; une fois hors de leurs demeures, ils s'échapperont même de la ville. Pour ne pas s'égarer au loin, dans leur course à travers la campagne, ils se retrouveront près du tombeau de Ninus[1] et se cacheront sous l'arbre qui l'ombrage. Cet arbre était un mûrier, chargé de fruits blancs comme la neige, qui se dressait près d'une source fraîche. Ils s'accordent sur ce plan. Le jour, qui leur avait semblé décliner trop lentement, plonge enfin dans la mer, et des flots monte la nuit.

Adroitement, au milieu des ténèbres, Thisbé fait tourner la porte sur ses gonds ; elle sort, trompant la surveillance de sa famille ; le visage caché par un voile, elle parvient au tombeau et s'assied sous l'arbre convenu. L'amour lui donnait de l'audace. Voilà qu'une lionne, dont la gueule écumante est encore teinte du sang des bœufs qu'elle vient d'égorger, s'approche pour étancher sa soif dans l'eau de la source voisine. De loin, grâce aux rayons de la lune,

---

1. Roi légendaire de Babylone.

Thisbé l'aperçoit ; d'un pas tremblant elle se réfugie dans
une caverne obscure mais, en fuyant, laisse tomber le voile
qui couvrait ses épaules. Une fois qu'elle s'est désaltérée à
la source, la lionne farouche retourne vers les forêts. Elle
trouve par hasard le voile léger — sans la jeune fille ! —
et le déchire de sa gueule ensanglantée. Parti plus tard,
Pyrame découvre dans la poussière épaisse les empreintes
de la bête ; son visage blêmit et, lorsqu'il trouve aussi le
voile maculé de sang, il s'écrie : « En une seule nuit vont
disparaître deux amants ; de nous deux, c'était elle qui
était la plus digne d'une longue vie ; je suis coupable : c'est
moi qui t'ai perdue, malheureuse, moi qui t'ai fait venir la
nuit, dans ces lieux où tout inspire la peur, et moi qui ne
suis pas arrivé le premier. Lions qui habitez ces rochers,
mettez mon corps en lambeaux, punissez-moi en déchirant
mes entrailles de vos crocs féroces ! Que dis-je ? Seul un
lâche se contente d'appeler la mort de ses vœux ! » À ces
mots, il prend le voile de Thisbé et l'emporte sous l'arbre
où ils devaient se retrouver ; il baigne de ses larmes et
couvre de ses baisers ce vêtement familier. « Reçois aussi
mon sang ! » s'écrie t il en tirant l'épée qu'il portait à la
ceinture et en l'enfonçant dans sa poitrine. Aussitôt après,
agonisant, il l'arrache de sa blessure brûlante et s'effondre
sur le dos. Son sang gicle très haut, comme lorsqu'une
petite fuite dans un tuyau de plomb percé fait jaillir l'eau
dans les airs.

Encore tremblante mais ne voulant pas faire attendre
son bien-aimé, Thisbé revient. Elle le cherche des yeux et
du cœur. Elle brûle de lui raconter les dangers auxquels
elle a échappé. Elle reconnaît le lieu ; elle reconnaît la
forme de l'arbre, mais la couleur de ses fruits la fait hési-
ter ; elle se demande si c'est bien le même. Tandis qu'elle
hésite, elle aperçoit un corps palpitant sur la terre ensanglantée. Horrifiée, elle recule, plus pâle que le buis, et fré-

mit comme la mer, quand sa surface frissonne, ridée par
une brise légère. Mais, aussitôt après, Thisbé a reconnu
celui qu'elle aime ; alors elle frappe violemment ses bras
innocents, elle s'arrache les cheveux, enlace ce corps
chéri, pleure sur sa blessure, mêle ses larmes à son sang et
couvre de baisers son visage glacé. « Pyrame, s'écrie-t-elle,
par quel malheur m'as-tu été enlevé ? Pyrame, réponds !
C'est ta bien-aimée, Thisbé, qui t'appelle. Écoute-moi et
soulève ta tête qui gît sur le sol. » À ce nom de Thisbé,
Pyrame soulève ses paupières que la mort alourdissait
déjà ; il la regarde et les referme. Elle reconnaît alors son
voile et aperçoit le fourreau d'ivoire sans épée. « C'est par
ta propre main et par amour pour moi que tu as perdu la
vie, malheureux ! Mais moi aussi j'ai une main assez vigou-
reuse et j'ai au cœur un amour qui me donnera la force
de frapper ce coup. Je te suivrai jusqu'à la fin ; on dira de
moi que j'ai été la cause et la compagne de ta disparition.
Seule la mort pouvait t'arracher à moi mais elle ne pourra
m'empêcher de te rejoindre. Je vous adresse cependant
une dernière prière en nos deux noms, ô malheureux
pères : que ceux qu'un amour fidèle et leur dernière heure
ont unis l'un à l'autre reposent dans le même tombeau ;
ne leur refusez pas cette grâce. Et toi, mûrier, dont les
rameaux abritent pour le moment un seul corps et en
abriteront bientôt deux, garde les marques de notre
sang et porte à jamais des fruits sombres en signe de
deuil, en souvenir de notre double mort. » Sur ces mots,
Thisbé appuie la pointe de l'épée sous sa poitrine et se
laisse tomber sur la lame encore tiède du sang de Pyrame.
Sa prière toucha les dieux ainsi que les deux pères, puisque le fruit du mûrier, parvenu à maturité, prend une couleur sombre et que leurs cendres reposent dans une
même urne.

Dédale et Icare

Las de la Crète et d'un long exil[1], Dédale sentait renaître en lui l'amour du pays natal ; mais la mer le retenait captif : « Minos, dit-il, peut bien me fermer la terre et les eaux ; le ciel au moins m'est ouvert. C'est par là que je passerai ; quand Minos serait le maître de toutes choses, il n'est pas le maître de l'air. » Ayant ainsi parlé, il s'applique à un art jusqu'alors inconnu et soumet la nature à de nouvelles lois. Il dispose des plumes à la file en commençant par la plus petite ; de sorte qu'une plus courte soit placée à la suite d'une plus longue et qu'elles semblent s'élever en pente ; c'est ainsi qu'à l'ordinaire vont grandissant les tuyaux inégaux de la flûte champêtre. Puis il attache ces plumes au milieu avec du lin, en bas avec de la cire et, après les avoir ainsi assemblées, il leur imprime une légère courbure pour imiter les oiseaux véritables. Le jeune Icare se tenait à ses côtés ; ignorant qu'il maniait les instruments de sa perte, le visage souriant, tantôt il saisissait au vol les plumes qu'emportait la brise vagabonde, tantôt il amollissait sous son pouce la cire blonde et par ses jeux retardait le travail merveilleux de son père. Quand l'artisan a mis la

---

1. Dédale était emprisonné avec son fils Icare dans le labyrinthe qu'il avait lui-même construit pour Minos, le roi de Crète.

dernière main à son ouvrage, il cherche à équilibrer de lui-même son corps sur ses deux ailes et il se balance au milieu des airs qu'il agite. Il donne aussi ses instructions à son fils : « Icare, lui dit-il, tiens-toi à mi-hauteur dans ton essor, je te le conseille : si tu descends trop bas, l'eau alourdira tes ailes ; si tu montes trop haut, l'ardeur du soleil les brûlera. Vole entre les deux. Je t'engage à ne pas fixer tes regards sur la constellation du Bouvier, sur la Grande Ourse et sur l'épée nue d'Orion : prends-moi pour seul guide de ta direction. » En même temps il lui enseigne l'art de voler et il adapte à ses épaules des ailes jusqu'alors inconnues. Au milieu de ce travail et de ces recommandations, les joues du vieillard se mouillent de larmes ; un tremblement agite ses mains paternelles. Il donne à son fils des baisers qu'il ne devait pas renouveler et, s'enlevant d'un coup d'aile, il prend son vol le premier, inquiet pour son compagnon, comme l'oiseau qui des hauteurs de son nid a emmené à travers les airs sa jeune couvée ; il l'encourage à le suivre, il lui enseigne son art funeste et, tout en agitant ses propres ailes, il regarde derrière lui celles de son fils. Un pêcheur occupé à tendre des pièges aux poissons au bout de son roseau tremblant, un berger appuyé sur son bâton, un laboureur sur le manche de sa charrue les ont aperçus et sont restés saisis ; à la vue de ces hommes capables de traverser les airs, ils les ont pris pour des dieux. Déjà sur leur gauche était l'île de Samos, chérie de Junon (ils avaient dépassé Délos et Paros) ; sur leur droite Lébinthos et Calymné fertile en miel, lorsque l'enfant, tout entier au plaisir de son vol audacieux, abandonna son guide ; attiré par le ciel, il se dirigea vers des régions plus élevées. Alors le voisinage du soleil dévorant amollit la cire odorante qui fixait ses plumes ; et voilà la cire fondue ; il agite ses bras dépouillés ; privé des ailes qui lui servaient à ramer dans l'espace, il n'a plus de prise sur

l'air ; sa bouche, qui criait le nom de son père, est engloutie dans la mer azurée à laquelle il a donné son nom[1]. Mais
son malheureux père, un père qui ne l'est plus, va criant :
« Icare, Icare, où es-tu ? En quel endroit dois-je te chercher ? » Il criait encore « Icare ! » quand il aperçut des plumes sur les eaux ; alors il maudit son art et enferma dans
un tombeau le corps de son fils ; la terre où celui-ci fut
enseveli en a gardé le nom[2].

1. Une partie de la mer Égée s'appelait mer Icarienne.
2. Icare a donné son nom à l'île d'Icarie.

Philémon et Baucis

Pirithoüs, le fils d'Ixion, était rempli d'orgueil et méprisait les dieux. Il s'en prit à Acheloüs[1] : « Ce sont des fables que tu nous racontes là ; tu attribues trop de puissance aux dieux si tu crois qu'ils peuvent transformer l'aspect des êtres à leur gré. » Tous furent frappés de stupeur et réprouvèrent un tel langage, surtout Lélex, dont l'âge avait mûri la raison. Il prit la parole en ces termes : « La puissance du ciel est immense, sans limites ; la volonté des dieux s'accomplit aussitôt. Voici qui mettra fin à tes doutes : il y a sur les collines de Phrygie un tilleul et un chêne côte à côte, entourés d'un muret ; j'ai vu ce lieu moi-même, lorsque le roi Pitthée m'envoya dans ce pays où avait régné son père, Pélops. Non loin de là se trouve un étang qui fut autrefois une terre habitable et dont les eaux n'ont plus pour hôtes aujourd'hui que des plongeons[2] et des poules d'eau, amis des marais. Jupiter vint en ce lieu sous les traits d'un mortel ; Mercure, le dieu qui porte le caducée[3], avait déposé ses ailes et accompagnait son père.

---

1. Acheloüs venait de raconter la métamorphose de nymphes en îles.
2. Oiseaux palmipèdes qui plongent pour se nourrir.
3. Bâton orné de deux ailes et de deux serpents qui est l'attribut de Mercure, le messager des dieux.

Dans mille maisons ils se présentèrent, demandant un endroit où se reposer ; dans mille maisons on ferma les verrous. Une seule les accueillit, petite il est vrai, couverte de chaumes et de roseaux des marécages ; mais dans cette cabane une pieuse femme, la vieille Baucis, et Philémon, du même âge qu'elle, s'étaient unis au temps de leur jeunesse ; dans cette cabane ils avaient vieilli ; ils avaient rendu leur pauvreté légère en ne la cachant pas et en la supportant sans amertume. Inutile de chercher là des maîtres et des serviteurs ; ils sont toute la maison à eux deux ; ce sont eux qui donnent les ordres et qui les exécutent.

Aussitôt que les dieux sont arrivés à ce modeste logis et qu'ils en ont franchi l'humble porte en baissant la tête, le vieillard les invite à se reposer et leur offre un siège sur lequel Baucis attentive a jeté un tissu grossier. Ensuite elle écarte dans le foyer les cendres encore tièdes, ranime le feu de la veille, l'alimente avec des feuilles et des écorces sèches, et de son souffle affaibli par l'âge en fait jaillir la flamme ; elle apporte du grenier du bois fendu et des brindilles desséchées et les brise en menus morceaux qu'elle met sous un petit chaudron de bronze. Elle épluche le chou que son mari avait cueilli dans leur jardin bien arrosé tandis qu'avec une fourche à deux dents il détache d'une poutre noircie un vieux morceau de lard, en coupe une tranche fine et la plonge dans l'eau bouillante pour l'attendrir. Cependant ils divertissent leurs hôtes par leur conversation et s'efforcent de leur épargner l'ennui de l'attente avant le repas.

Il y avait là un baquet de hêtre, suspendu à un clou par son anse recourbée ; on le remplit d'eau tiède pour que les voyageurs puissent y réchauffer leurs membres. Au milieu de la pièce il y avait un matelas d'algues moelleuses, posé sur un lit dont le cadre et les pieds étaient en saule. Ils secouent leur matelas garni des algues du fleuve et le recouvrent d'un tapis. Les dieux s'allongent là-dessus. La vieille avait retroussé sa robe. Tremblante, elle place une table devant eux, mais une table qui sur ses trois pieds en avait un trop court ; avec un tesson elle le met au niveau des autres ; puis, quand ce soutien a supprimé l'inclinaison de la table et rétabli l'équilibre, elle l'essuie avec des menthes vertes. Elle y pose des olives, de deux couleurs différentes, des cornouilles d'automne, conservées dans de la saumure liquide, des endives, des radis, du lait caillé, des œufs retournés d'une main légère sous la cendre tiède, le tout servi sur des plats de terre. Ensuite on apporte un cratère[1], aussi luxueux que la vaisselle, et des coupes taillées dans le hêtre, dont les flancs creux sont enduits d'une cire dorée. Bientôt arrivent du foyer les plats chauds. On fait circuler le vin — un très jeune cru — avant de le mettre à l'écart, afin de faire un peu de place pour le second service. Alors paraissent des noix, des figues mêlées à des dattes ridées, des prunes, des pommes parfumées dans de larges corbeilles et des raisins cueillis sur des vignes aux feuilles de pourpre. Au milieu se trouve un gâteau de miel blanc ; mais à tout cela s'ajoute ce qui vaut mieux encore, des visages bienveillants et un accueil qui ne sent ni l'indifférence ni la pauvreté.

Cependant les deux époux s'aperçoivent que le cratère bien souvent vidé se remplit tout seul et que le vin y remonte de lui-même ; ce prodige les frappe d'étonnement et de crainte ; les mains levées vers le ciel, Baucis et Philémon alarmés récitent des prières ; ils s'excusent de ce repas sans apprêts. Ils avaient une oie, une seule, gardienne de leur humble cabane ; ils se disposent à l'offrir en sacrifice à leurs hôtes divins ; l'oiseau, grâce à ses ailes rapides,

---

1. Large vase à deux anses, où l'on mélangeait le vin et l'eau.

fatigue leurs pas ralentis par l'âge ; il leur échappe long-temps ; enfin ils le voient se réfugier auprès des dieux eux-mêmes. Ceux-ci défendent de le tuer : « Oui, disent-ils, nous sommes des dieux ; vos voisins subiront le châtiment que mérite leur impiété ; vous, vous serez exemptés de leur désastre ; quittez seulement votre demeure, accompa-gnez nos pas et montez avec nous sur le sommet de la montagne. » Tous deux obéissent et, appuyés sur des bâtons, ils gravissent avec effort la longue pente.

Ils n'étaient plus qu'à une portée de flèche du sommet lorsque, en se retournant, ils voient qu'un étang a tout englouti ; seule leur maison est encore debout. Tandis qu'ils s'étonnent de ce prodige et déplorent le sort de leurs voi-sins, leur vieille cabane, trop petite même pour ses deux maîtres, se change en un temple. Des colonnes ont rem-placé ses poteaux fourchus ; le chaume jaunit et on voit apparaître un toit doré ; la porte est ornée de ciselures, des dalles de marbre couvrent le sol. Alors Jupiter, fils de Saturne, s'adresse à eux avec bonté : « Vieillard, ami de la justice, et toi, digne épouse d'un homme juste, dites-moi ce que vous souhaitez. » Après s'être entretenu un instant avec Baucis, Philémon fait connaître aux dieux leur choix commun : « Être vos prêtres et les gardiens de votre tem-ple, voilà ce que nous demandons ; et, puisque nous avons passé notre vie dans une parfaite union, puisse la même heure nous emporter tous les deux ! Puissé-je ne jamais voir le bûcher de mon épouse et puisse-t-elle ne jamais avoir à me mettre au tombeau ! »

Leurs vœux se réalisèrent ; ils eurent la garde du temple aussi longtemps que la vie leur fut accordée. Un jour que, brisés par l'âge, ils se tenaient devant les marches du tem-ple et racontaient l'histoire de ce lieu, Baucis vit Philémon se couvrir de feuilles, le vieux Philémon vit des feuilles cou-vrir Baucis. Déjà une cime d'arbre s'élevait au-dessus de leurs deux visages ; tant qu'ils le purent, ils échangèrent des paroles : « Adieu, mon époux ! Adieu mon épouse ! » dirent-ils en même temps et en même temps leurs bouches disparurent sous l'écorce qui les enveloppait. Aujourd'hui encore les habitants de la région montrent deux troncs voisins, nés de leurs corps. Voilà ce que m'ont raconté des vieillards dignes de foi, qui n'avaient aucune raison de chercher à me tromper. Quant à moi, j'ai vu des guirlandes suspendues aux branches en leur honneur et j'en ai offert de fraîches, en disant : « Que les mortels aimés des dieux soient des dieux eux-mêmes ; à ceux qui furent pieux sont dus nos pieux hommages. »

Orphée et Eurydice

Hyménée, le dieu des mariages, traverse l'immensité des airs, couvert de son manteau couleur de safran ; il se dirige vers la Thrace où l'appelle, en vain, la voix d'Orphée. Hyménée est présent à son mariage mais il n'y apporte ni paroles solennelles, ni visage réjoui, ni heureux présage. Même la torche qu'il tient ne cesse de siffler en répandant une fumée qui provoque les larmes ; il a beau l'agiter, il n'en peut raviver la flamme. Le présage était mauvais mais la suite fut pire. Tandis qu'Eurydice, la jeune épouse d'Orphée, accompagnée d'une troupe de Naïades, se promenait au milieu des herbages, elle mourut, mordue au talon par la dent d'un serpent. Lorsque Orphée, le poète du mont Rhodope, l'eut assez pleurée à la surface de la terre, il n'hésita pas à explorer le royaume des ombres ; il osa descendre vers le Styx par la porte du cap Ténare[1] ; traversant les foules immatérielles et les fantômes qui ont reçu les honneurs de la sépulture, il aborda Perséphone et le maître du lugubre royaume, le souverain des ombres. Puis il frappa les cordes de sa lyre pour accompagner son chant : « Ô divinités de ce monde souterrain où retom-

---

1. Il existait plusieurs entrées pour descendre aux Enfers, dont une au cap Ténare, au sud du Péloponnèse.

bent toutes les créatures mortelles de notre espèce, si je puis parler sans ambages, si vous me permettez de dire la vérité sans mentir, je ne suis pas descendu en ces lieux pour visiter les ténébreux Enfers, ni pour enchaîner le monstre Cerbère[1] avec sa triple gueule hérissée de serpents. Je suis venu chercher mon épouse. Une vipère, qu'elle avait foulée du pied, lui a injecté son venin et l'a privée de sa jeune vie. J'ai voulu pouvoir supporter mon malheur, j'ai essayé, je ne le nierai pas, mais l'Amour a triomphé. C'est un dieu très connu là-haut ; l'est-il autant ici ? Je l'ignore ; pourtant je suppose qu'il doit aussi avoir sa place ici puisque, si l'antique enlèvement[2] dont on parle n'est pas une fable, vous aussi l'Amour vous a unis. Par ces lieux pleins d'épouvante, par cet immense Chaos, par ce vaste royaume du silence, je vous en prie, retissez la trame trop brève du destin d'Eurydice. Tout vous revient et même si nous nous attardons un peu, tôt ou tard nous nous hâtons vers le même séjour. C'est ici que nous nous dirigeons tous ; ici qu'est notre dernière demeure ; nul ne règne plus longtemps que vous sur le genre humain. Eurydice aussi sera soumise à vos lois quand elle aura vieilli et accompli un nombre juste d'années. Ce n'est pas un don que je vous demande, mais un prêt. Si les destins me refusent cette faveur pour mon épouse, je suis résolu à ne pas revenir sur mes pas et vous vous réjouirez d'avoir deux morts à la fois. »

Ces plaintes, accompagnées des vibrations de sa lyre, firent pleurer les ombres exsangues ; Tantale cessa de poursuivre l'eau fugitive ; la roue d'Ixion s'arrêta ; les vau-

---

1. Cerbère, le chien qui garde les Enfers, avait été capturé par Hercule, dans l'un de ses douze travaux.
2. Pluton, le dieu des Enfers, avait enlevé Perséphone sur terre pour en faire sa femme.

tours oublièrent de déchirer le foie de leur victime ; les Danaïdes délaissèrent leurs urnes et toi, Sisyphe, tu t'assis sur ton rocher[1]. Pour la première fois, dit-on, des larmes mouillèrent les joues des Furies, vaincues par ce chant ; ni celui qui gouverne les Enfers ni son épouse ne peuvent résister à une telle prière. Ils appellent Eurydice. Elle était là, parmi les ombres récemment arrivées ; elle s'avance, d'un pas ralenti par sa blessure. Orphée, le héros du mont Rhodope, obtient qu'elle lui soit rendue, à une condition : il ne jettera pas les yeux derrière lui, avant d'être sorti de la vallée de l'Averne[2] ; sinon, la faveur sera annulée. Dans un silence absolu, ils prennent un sentier en pente, escarpé, obscur, enveloppé d'un épais brouillard. Ils n'étaient pas loin d'atteindre la surface de la terre, lorsque, craignant qu'Eurydice ne lui échappe et impatient de la voir, son amoureux époux tourne les yeux. Aussitôt elle est entraînée en arrière ; elle tend les bras, elle cherche son étreinte et veut l'étreindre elle-même mais la malheureuse ne saisit que l'air impalpable. En mourant pour la seconde fois, elle ne se plaint pas de son époux (de quoi, en effet, se plaindrait-elle sinon d'être aimée !) ; elle lui adresse un ultime adieu, qui déjà ne parvient qu'à peine à ses oreilles, et elle retombe d'où elle venait.

En voyant la mort lui ravir pour la seconde fois son épouse, Orphée resta saisi comme celui qui vit avec effroi les trois têtes du chien des Enfers et dont la terreur ne disparut qu'avec sa forme première quand son corps fut changé en pierre. Tel encore cet Olénos qui prit sur lui la faute de son épouse Léthéa trop fière de sa beauté et voulut paraître coupable : cœurs jadis étroitement unis, ce ne

---

1. Ovide évoque tous les célèbres suppliciés des Enfers, qui s'interrompent, émus par la prière d'Orphée.
2. Le lac Averne était proche d'une porte des Enfers.

sont plus aujourd'hui que des rochers sur l'humide sommet du mont Ida. Orphée a recours aux prières ; vainement il essaie de passer le fleuve des Enfers une seconde fois, mais Charon, le nocher, le repousse. Il n'en resta pas moins pendant sept jours assis sur la rive, négligeant sa personne sans autres aliments que son amour, sa douleur et ses larmes.

Les arbres qui marchent

Il y avait une colline sur laquelle s'étendait un plateau très découvert, tapissé d'une herbe verdoyante. Le site manquait d'ombre ; lorsque Orphée, le poète issu des dieux, se fut assis en cet endroit et lorsqu'il eut touché les cordes sonores de sa lyre, il se couvrit d'ombrages ; il n'y manquait ni l'arbre de Chaonie, ni le peuplier, ni le chêne au feuillage altier, ni le tilleul mou, ni le hêtre, ni le chaste laurier[1], ni le noisetier fragile ; on y voyait aussi le frêne propre à faire des javelots, le sapin sans nœuds, le chêne vert courbé sous le poids des glands, le platane, abri des jours de liesse, l'érable aux nuances variées et, avec eux, les saules qui croissent près des rivières, le lotus ami des eaux, le buis toujours vert, les tamaris grêles, le myrte à la double couleur et le laurier-tin aux baies noirâtres. Vous vîntes aussi, lierres aux pieds flexibles, et vous encore, vignes couvertes de pampres, ormes vêtus de vignes, ornes, épicéas, arbousiers chargés de fruits rouges, souples palmiers, récompenses des vainqueurs, et toi, pin, à la chevelure relevée, à la cime hérissée, arbre que chérit la mère des dieux ; car Attis, favori de Cybèle, a quitté pour lui la

---

1. Le laurier est né de la transformation de Daphné qui fuyait l'amour d'Apollon.

figure humaine et il est devenu la dure substance qui en forme le tronc.

À cette foule vint se joindre le cyprès qui rappelle les bornes du cirque, un arbre aujourd'hui, jadis un enfant aimé d'Apollon, le dieu à qui obéissent les cordes de la lyre aussi bien que la corde de l'arc. Il y avait dans les champs de Carthée[1] un grand cerf, consacré aux nymphes du pays ; de hautes cornes étendaient largement leur ombre au-dessus de sa tête. Ces cornes resplendissaient d'or et le long de ses épaules flottaient, suspendus à son cou arrondi, des colliers ornés de pierres précieuses. Sur son front s'agitait, retenue par de petites courroies, une bulle d'argent, du même âge que lui ; des perles brillaient à ses deux oreilles et autour des cavités de ses tempes ; exempt de toute crainte, affranchi de sa timidité naturelle, il fréquentait les habitations et offrait son cou aux caresses, même à celles des mains inconnues. Personne cependant ne l'aimait autant que toi, ô le plus beau des habitants de Céos, Cyparissus. C'était toi qui menais ce cerf paître l'herbe nouvelle ou boire l'eau des sources limpides ; tantôt tu nouais à ses cornes des fleurs de toutes les couleurs, tantôt, monté sur son dos, joyeux cavalier, tu allais çà et là, gouvernant avec des rênes de pourpre sa bouche docile au frein. On était en été, au milieu du jour ; la chaleur brûlait les bras recourbés du Cancer[2], hôte des rivages ; fatigué, le cerf avait étendu son corps sur la terre couverte d'herbe et aspirait l'air frais à l'ombre des arbres. Le jeune Cyparissus, par mégarde, le transperça d'un javelot acéré ; puis, quand il le vit mourir de sa cruelle blessure, il souhaita mourir lui-même. Que de paroles consolantes Apollon ne lui fit-il pas entendre ! Que

---

1. Ville de l'île grecque de Céos (actuelle Kéa).
2. Le signe zodiacal du Cancer, représenté par un crabe, correspond au début des chaleurs d'été.

de fois il l'engagea à modérer sa douleur, à la proportionner au malheur qui en était cause. L'enfant n'en gémit pas moins et il demande aux dieux, comme une faveur suprême, de verser des larmes éternelles. Déjà tout son sang s'est épuisé en torrents de pleurs ; une couleur verte se répand sur ses membres ; ses cheveux, qui tout à l'heure retombaient sur son front de neige, se dressent, se raidissent et forment une fine pointe qui regarde le ciel étoilé. Le dieu gémit et dit avec tristesse : « Moi, je te pleurerai toujours ; toi, tu pleureras les autres et tu t'associeras à leurs douleurs. »

Pygmalion

Pygmalion vivait sans compagne, célibataire ; jamais une épouse n'avait partagé sa couche. Cependant, grâce à une habileté merveilleuse, il réussit à sculpter dans l'ivoire blanc comme la neige un corps de femme d'une telle beauté que la nature n'en peut créer de semblable et il devint amoureux de son œuvre. C'est une jeune fille qui a toutes les apparences de la réalité ; on dirait qu'elle est vivante et que, sans la pudeur qui la retient, elle voudrait se mouvoir ; tant l'art se dissimule à force d'art. Émerveillé, Pygmalion s'enflamme pour cette image ; souvent il approche ses mains du chef-d'œuvre pour s'assurer si c'est là de la chair ou de l'ivoire et il ne peut encore convenir que ce soit de l'ivoire. Il donne des baisers à sa statue et il s'imagine qu'elle les rend ; il lui parle, il la serre dans ses bras ; il se figure que la chair cède au contact de ses doigts et il craint qu'ils ne laissent des bleus sur les membres qu'ils ont pressés ; tantôt il caresse la bien-aimée, tantôt il lui apporte ces cadeaux qui plaisent aux jeunes filles, des coquillages, des cailloux polis, de petits oiseaux, des fleurs de mille couleurs, des lis, des balles peintes, des larmes d'ambre tombées de l'arbre des Héliades[1] ; il

---

1. À la mort de Phaéton, ses sœurs, les Héliades, demeurèrent inconsolables. Elles devinrent des arbres et leurs larmes de l'ambre.

la pare aussi de beaux vêtements ; il met à ses doigts des
pierres précieuses, à son cou de longs colliers ; à ses oreilles
pendent des perles légères, sur sa poitrine des chaînettes.
Tout lui va bien, mais, nue, elle ne semble pas moins belle. Il
la couche sur des tapis teints de la pourpre de Sidon ; il
l'appelle sa compagne et il pose son cou incliné sur des
coussins de plumes moelleuses, comme si elle pouvait y être
sensible.

Le jour était venu où Chypre tout entière célébrait avec
éclat la fête de Vénus : des génisses, dont on avait revêtu
d'or les cornes recourbées, étaient tombées sous le cou-
teau qui avait frappé leur cou de neige ; l'encens fumait
de toutes parts ; alors, après avoir déposé son offrande,
Pygmalion, debout devant l'autel, dit d'une voix timide :
« Ô dieux, si vous pouvez tout accorder, donnez-moi pour
épouse, je vous en supplie, (il n'ose pas dire : la vierge
d'ivoire) une femme semblable à la vierge d'ivoire. » Vénus,
parée d'or, qui assistait elle-même à sa fête, comprit ce
que signifiait cette prière. Pour présager ses dispositions
favorables, trois fois la flamme se ralluma et se dressa dans
les airs. De retour chez lui, l'artiste va vers la statue de la
jeune fille ; penché sur le lit il lui donne un baiser ; il croit
sentir que ce corps est tiède. De nouveau, il en approche
sa bouche, tandis que ses mains tâtent la poitrine ; à ce
contact, l'ivoire s'attendrit ; il perd sa dureté, il fléchit
sous les doigts ; il cède ; comme la cire du mont Hymette
s'amollit au soleil et, façonnée par le pouce, prend les formes les plus variées et se prête à d'autant plus d'usages
qu'on se sert plus d'elle. L'amoureux reste saisi ; il hésite à
se réjouir, il craint de se tromper ; sa main palpe et palpe
encore l'objet de ses désirs ; c'était bien un corps vivant ;
il sent des veines palpiter au contact de son pouce. Alors
Pygmalion adresse à Vénus de longues actions de grâces ;
sa bouche presse enfin une bouche véritable ; la jeune fille

a senti les baisers qu'il lui donne et elle a rougi ; levant vers la lumière un timide regard, elle a vu en même temps le ciel et son amant. La déesse assiste à leur mariage, qui est son œuvre ; puis, quand le croissant de lune se fut rempli neuf fois, la jeune épouse mit au monde une fille, Paphos, dont l'île a retenu le nom[1].

_____

1. Paphos est le nom d'une ville de l'île de Chypre.

Le roi Midas

Bacchus va visiter les vignobles du mont Tmolus et le fleuve Pactole qui, à cette époque, ne charriait pas d'or et n'excitait pas encore la convoitise par la richesse de ses sables. Le cortège ordinaire du dieu, les satyres et les bacchantes, l'accompagnent ; mais Silène est absent ; des paysans phrygiens[1] l'ont surpris titubant sous le poids de l'âge et du vin et l'ont enchaîné avec des guirlandes de fleurs et conduit au roi Midas, qui avait été initié au culte de Bacchus par Orphée lui-même et Eumolpe l'Athénien. À peine Midas a-t-il reconnu l'ami du dieu, le compagnon associé à ses cérémonies sacrées, qu'il célèbre l'arrivée d'un tel hôte par des fêtes joyeuses pendant deux fois cinq jours et autant de nuits. Déjà pour la onzième fois Lucifer dans les cieux avait emmené avec lui l'armée des étoiles, lorsque le roi, tout joyeux, arrive dans les champs de la Lydie[2] et rend Silène au jeune Bacchus qui fut son nourrisson. Heureux d'avoir retrouvé son père nourricier, le dieu permet à Midas de choisir la récompense de son choix, une faveur agréable mais vaine. Midas, qui allait faire

---

1. La Phrygie est un royaume situé en Anatolie, dans l'actuelle Turquie.
2. La Lydie est située à l'ouest de l'actuelle Turquie.

mauvais usage du cadeau, lui répondit : « Fais que tout ce que mon corps aura touché se convertisse en or. » Bacchus exauce ce souhait et lui accorde ce privilège, tout en regrettant qu'il n'ait pas fait un meilleur vœu.

Le roi de Phrygie s'en va content ; il se félicite de ce qui va faire son malheur et, pour s'assurer que la promesse n'est pas vaine, pour éprouver son pouvoir, il touche tout ce qu'il rencontre. Se fiant avec peine à lui-même, il cueille sur un petit chêne vert un rameau que couvre un vert feuillage : le rameau devient aussitôt un rameau d'or. Il ramasse une pierre : la pierre aussi prend la pâle couleur de l'or. Il touche une motte de terre : à ce contact puissant la motte devient un lingot. Il coupe des épis secs, dons de Cérès[1] : sa moisson était d'or. Il tient dans sa main une pomme qu'il vient de cueillir sur un arbre : on croirait que c'est un présent des Hespérides[2]. Applique-t-il ses doigts sur les hautes portes de son palais, on voit ces portes lancer des rayons ; quand il a baigné ses mains dans une eau limpide, cette eau qui ruisselle de ses mains aurait de quoi tromper Danaé[3]. Il peut à peine contenir les espérances qui s'offrent à son esprit ; dans son imagination il voit tout en or. Ravi d'aise, il prend place devant la table que ses serviteurs ont chargée de viandes et de froment grillé. Mais quand sa main touchait le pain, don de Cérès, il durcissait à l'instant ; quand il s'apprêtait à déchirer les viandes d'une dent avide, elles disparaissaient dès qu'il y portait la dent sous une lame du métal doré. S'il mêlait à une eau pure le vin de Bacchus, on voyait de l'or liquide couler entre ses lèvres ouvertes. Épouvanté d'un mal si

---

1. Déesse des moissons.

2. Trois nymphes qui veillent sur des pommes d'or dans un verger situé à la limite occidentale du monde.

3. Jupiter avait réussi à séduire Danaé, enfermée par son père, en prenant la forme d'une pluie d'or.

nouveau, à la fois riche et misérable, il ne demande plus qu'à fuir tant d'opulence et ce qu'il avait souhaité naguère lui fait horreur. Au milieu de l'abondance, il n'a pas de quoi apaiser sa faim ; la soif dessèche et brûle son gosier ; il maudit cet or qui lui vaut des tourments trop mérités. Levant vers le ciel ses mains et ses bras resplendissants : « Pardonne, s'écrie-t-il, dieu du pressoir ; c'est ma faute ; mais prends pitié de moi, je t'en supplie ; arrache-moi à ce brillant fléau. » La puissance des dieux est indulgente ; le coupable avouait ; Bacchus lui rend sa nature première et retire la faveur que, fidèle à ses engagements, il lui avait accordée : « Tu ne peux pas, lui dit-il, rester enduit de cet or que tu as si imprudemment souhaité ; va-t'en vers le fleuve voisin de la grande ville de Sardes et, en remontant son cours entre les hauteurs de ses bords, poursuis ta route jusqu'à ce que tu arrives à l'endroit où il prend naissance ; alors, quand tu seras devant sa source écumante, là où il jaillit en flots abondants, immerge ta tête sous les eaux ; lave en même temps ton corps et ta faute. » Le roi, docile à cet ordre, se plonge dans la source ; la vertu qu'il possède de tout changer en or donne aux eaux une couleur nouvelle et passe du corps de l'homme dans le fleuve. Aujourd'hui encore, pour avoir été imprégnés par cet antique filon d'or, les champs de ces campagnes sont durcis par l'or qui jette ses reflets jaunes sur la terre humide.

Table

De la sculpture

aux textes

Pierre-Olivier Douphis

De la sculpture aux textes

Apollon et Daphné
de Gian Lorenzo Bernini,
dit le Bernin

… cet instant précis et soudain de la transformation de la belle Daphné…

Dans le premier livre des *Métamorphoses*, Ovide raconte l'histoire mythique d'Apollon et Daphné : parce que le dieu de Délos avait ironisé sur la petite taille d'Éros et sur ses difficultés à bander son arc, ce dernier lui déche une de ses flèches qui font aimer et, dans le même temps, atteint Daphné d'un trait qui fait haïr. Le résultat ne se fait pas attendre : à la vue de la nymphe, Apollon tombe fou amoureux. Il se met alors à la poursuivre de ses ardeurs. Fuyant cet amour empressé, la belle et chaste personne se réfugie dans la forêt, auprès du fleuve dont Pénée, son père, est le dieu. Courant derrière elle, Apollon est sur le point de la saisir. Mais, se voyant rattrapée, la nymphe supplie son père de la délivrer « par une métamorphose, de cette beauté trop séduisante ». À peine a-t-elle dit sa prière que, sous les mains du dieu ardent, elle se transforme en laurier.

C'est cet instant précis et soudain de la transformation de la belle Daphné que l'artiste italien Gian Lorenzo Bernini (1598-1680) a merveilleusement rendu dans le groupe sculpté que nous avons sous les yeux.

Cette virtuosité ne doit pourtant étonner personne car le sculpteur, que l'on appelle le plus souvent le Bernin, est considéré à son époque comme le plus grand des artistes et certains l'ont même surnommé « le second Michel-Ange ». De nos jours, des chercheurs disent de lui qu'il est le dernier des artistes universels chers à la Renaissance. Cela est assuré quand on sait que, en plus d'être sculpteur, il était aussi architecte (on lui doit, entre autres, l'impressionnante colonnade qui enserre la place Saint-Pierre ainsi que l'immense baldaquin en bronze qui surplombe le maître-autel de la basilique Saint-Pierre, au Vatican), peintre (il est l'auteur de quelques autoportraits), qu'il a également composé un opéra et écrit son livret. Au XVIIᵉ siècle, sa notoriété se propagea dans toute l'Europe si bien que les conseillers de Louis XIV l'invitèrent à Paris pour qu'il construise l'aile principale du palais du Louvre. Cependant, le Roi-Soleil estima que sa propre grandeur pouvait se passer du projet de l'Italien et il lui préféra le plan plus classique d'un architecte moins connu, Claude Perrault, frère de l'écrivain Charles Perrault.

... à l'âge de quinze ans, le Bernin sculpte sa première œuvre...

Le fait que le père du Bernin ait lui aussi été un sculpteur assez connu dans la ville de Rome (il y travailla pour le compte du pape Paul V Borghèse sur le chantier de l'église Sainte-Marie-Majeure) a bien évidemment eu une grande influence sur la précocité de notre artiste. Ainsi, à l'âge de quinze ans, il sculpte sa première œuvre, *Saint Laurent sur le gril*, exposée aujourd'hui au musée des Offices à Florence. Plus tard, à peine âgé d'une vingtaine d'années, il crée en l'espace de six ans seulement ses trois premiers groupes grandeur nature : *Énée, Anchise et Ascagne*, *L'Enlèvement de Proserpine* et *Apollon et Daphné* (tous trois toujours visibles à la galerie Borghèse, à Rome). Le commanditaire de ces trois œuvres majestueuses n'est autre que son nouveau protecteur, le cardinal Scipion Borghèse, le puissant neveu du pape dont la réputation est quelque peu entachée. Ces commandes marquent le début d'une carrière au service des plus grands personnages de la ville.

En comparant ces trois sculptures entre elles, le spectateur peut remarquer la fulgurante évolution technique du Bernin : le groupe d'*Énée, Anchise et Ascagne* présente encore des parties rigides, d'autres, au contraire, sont plus amollies. Le superbe *Apollon et Daphné* est clairement l'œuvre d'un artiste qui a atteint la pleine maîtrise de son art. Car cette sculpture n'est pas seulement merveilleusement belle, elle est aussi un chef-d'œuvre très complexe. C'est d'ailleurs à cette complémentarité que l'on reconnaît les grands artistes. Ceux-ci savent, en effet, dissimuler les prouesses techniques les plus ardues sous une apparente facilité.

… faire sortir d'un bloc de marbre de plusieurs tonnes un groupe d'une grâce et d'une légèreté étonnantes…

La grande habileté du Bernin est principalement visible dans sa capacité à faire sortir d'un bloc de marbre de plusieurs tonnes un groupe d'une grâce et d'une légèreté étonnantes. Ce n'est plus de la pierre que le spectateur a sous les yeux, il a l'impression que ce sont des corps humains avenants, de vrais membres, de vrais cheveux, de vrais tissus et de vraies branches de laurier couronnées de leurs délicates feuilles. Pour arriver à ce résultat étonnant, l'artiste a mis à contribution tout son savoir-faire. Il s'est servi de différents outils pour rendre leur aspect singulier aux diverses matières, à l'instar d'un peintre qui se sert du contraste des couleurs pour différencier les éléments d'une scène. Ainsi, les peaux nues d'Apollon et de Daphné sont si finement polies que la lumière coule sur leur surface comme elle le ferait sur des corps transpirant dans l'effort. Par contre, le drapé du dieu est simplement poncé, ce qui lui donne un aspect mat s'opposant au rendu soyeux des épidermes. Ailleurs, les cheveux de Daphné sont taillés avec un ciseau plat en de longues stries parallèles et ondulées, séparées par des entailles plus profondes, ce qui permet de suggérer la blondeur de l'ample chevelure qui se déploie en cercle autour de la tête de la nymphe.

La dextérité de notre sculpteur se voit ensuite dans sa capacité à représenter les différentes expressions du visage humain, déjà visible dans ses œuvres de jeunesse. Il n'a pas encore dix-huit ans qu'il sculpte deux bustes, l'un d'une *Bienheureuse* et l'autre d'un *Damné*. Ceux-ci montrent deux faciès complètement opposés : quand la première tourne vers le Ciel ses yeux qu'on imagine sans peine embués par la félicité, le second regarde avec un effroi indescriptible vers la Terre, vers l'Enfer. En ce qui concerne *Apollon et Daphné*, les expressions des visages des deux personnages mythologiques sont les principaux détails que le spectateur est invité à regarder. On peut même remarquer que les traits semblent se modifier si on s'éloigne ou se rapproche du groupe. De loin, on croirait lire de la joie mêlée de passion sur le visage du dieu de Délos — certainement la joie qu'il ressent d'avoir enfin pu rattraper l'objet de sa convoitise — et de la stupeur teintée de tristesse chez la nymphe — qui regrette d'avoir été prise. Mais, si le visiteur s'approche au plus près, il perçoit d'autres sentiments : Daphné se retourne terrorisée quand elle sent la main d'Apollon sur son ventre, mais elle ne se rend pas compte qu'elle est en train de se métamorphoser. Le dieu, quant à lui, regarde avec étonnement la transformation à l'instant même où il croit tenir la jeune fille en son pouvoir. Il n'a pas encore eu le temps de réagir et il est toujours lancé dans la poursuite d'un amour qu'il perçoit tout à coup comme hors d'atteinte.

... Comment rendre l'idée d'une métamorphose qui n'a pas même duré une seconde dans une œuvre d'art qui est, par définition, statique...

Enfin, la virtuosité du Bernin s'exprime aussi dans la façon totalement nouvelle avec laquelle il représente en sculpture le moment précis de la métamorphose. C'est d'ailleurs là une première dans l'histoire de l'art. Comment rendre l'idée d'une métamorphose qui n'a pas même duré une seconde dans une œuvre d'art qui est, par définition, statique et qui se découvre en un seul coup d'œil ? Et comment garder la beauté de la nymphe en évitant la monstruosité d'un personnage mi-humain, mi-arbre ? Quand le spectateur regarde la sculpture du Bernin, la réponse semble évidente, mais c'est bien sur ce point que la complexité se cache derrière l'apparente facilité. Tout d'abord, le Bernin a abandonné l'idée qu'avaient retenue les artistes qui l'ont précédé de montrer le bas du corps de Daphné déjà changé en tronc. Au contraire, le sculpteur a préféré conserver toute la beauté de la nymphe en représentant simplement deux pans d'écorce qui commencent à lui masquer les jambes (l'un devant et l'autre derrière) comme si elle s'était précipitée dans le creux d'une souche d'arbre pour s'y dissimuler. En se rapprochant davantage, on voit que de petites racines ont poussé des orteils pour se planter dans le sol et que des rameaux de laurier sont aussi apparus sur les doigts. Ces derniers détails peuvent paraître encore anodins, mais ils démontrent pourtant la fatalité de la métamorphose. De cette manière, le Bernin invite le spectateur à se rappeler la suite du mythe tel qu'il est raconté par Ovide. Il sait qu'il assiste aux derniers instants de la beauté humaine de Daphné avant qu'elle ne disparaisse à jamais sous l'apparence d'un laurier. D'une manière paradoxale, si le spectateur a l'impression que c'est la dernière fois qu'il a l'occasion de contempler cette beauté et de s'en réjouir, il sait aussi que la sculpture lui offrira ce plaisir chaque fois qu'il viendra l'admirer. La contemplation de la beauté, même gravée dans le marbre, laisse toujours le goût amer de l'éphémère.

Pourtant, au-delà d'une représentation de la transformation de Daphné figée dans le temps, le Bernin donne aussi la possibilité de voir sa métamorphose complète. Malheureusement pour le visiteur de la villa Borghèse du XXIe siècle, ceci était plus aisé au XVIIe siècle, quand le groupe sculpté était installé à son emplacement originel, celui voulu par le sculpteur lui-même mais que les conservateurs actuels ont modifié : il était placé de telle manière qu'en rentrant dans la pièce où il se trouvait le spectateur le voyait sur sa gauche et l'abordait par l'arrière. Là, il remarquait tout d'abord le dos de la nymphe et le profil du corps musclé d'Apollon, ce qui l'invitait à tourner autour du groupe pour le saisir de face et comprendre ce qu'il représentait. Quand il arrivait sur le devant, il pouvait regarder les visages des deux personnages et leurs expressions. Il remarquait aussi l'apparition de l'écorce plate du tronc qui cache les jambes de la nymphe, les premières branches de laurier, ainsi que l'enracinement des pieds dans le sol. Enfin, en se plaçant de l'autre côté, il voyait que les individualités des deux personnages mythologiques avaient disparu, puisque leurs têtes étaient maintenant entièrement masquées derrière l'ample chevelure de Daphné. Son attention se concentrait alors sur les feuilles poussées au bout des doigts de la belle et sur la jeune souche apparue contre sa jambe d'où s'échappe un premier buisson touffu. Cette vision plutôt désagréable de membres disparates entremêlés de branches encourageait le spectateur à revenir se placer sur le devant, la position intermédiaire de la métamorphose, que le Bernin considérait comme principale, pour profiter sans retenue du face-à-face jubilatoire avec la délicieuse nymphe.

… mettre le spectateur à contribution…

Le Bernin s'est ainsi servi de deux moyens pour figurer la métamorphose de Daphné : l'un, abstrait, qui demande de se projeter dans le futur de l'action et l'autre, réaliste, qui invite à tourner autour du groupe pour le découvrir sous ses trois côtés. Cette richesse de l'œuvre est bien la marque d'un artiste exceptionnel !

Elle est le fruit de la volonté évidente du Bernin de mettre le spectateur à contribution. Et cela inscrit clairement notre sculpteur dans le mouvement baroque. En effet, l'œuvre baroque, qu'elle relève de l'architecture, de la sculpture ou de la peinture, joue sur le temps et l'espace pour attirer toutes les attentions sur elle. En d'autres termes, on peut dire que l'artiste baroque joue sur sa théâtralité. De cette manière, il s'oppose à ses prédécesseurs qui concevaient leurs œuvres d'art en elles-mêmes et pour elles-mêmes. Celles-ci pouvaient presque être exposées n'importe où puisque seul le message qu'elles portaient avait de l'importance. À l'époque du baroque, quand l'artiste crée, il réfléchit aussi à l'endroit où son œuvre va être exposée et, surtout, à la manière dont le spectateur va l'aborder. C'est ainsi qu'il peut donner une place prépondérante aux temps : le temps de la découverte de l'œuvre par le spectateur et le temps de l'histoire représentée. Dans ce cas, l'artiste se sert de différents moyens pour que son travail ne se dévoile pas complètement au premier coup d'œil. Chose aisée quand il s'agit d'un palais ou d'une église, pour lesquels il faut effectivement un temps assez long pour les parcourir, moins pour des peintures. C'est pourquoi ces dernières présentent souvent un fourmillement de détails colorés (comme dans les scènes plafonnantes en trompe l'œil) parmi lesquels il faut chercher les personnages de l'action principale, souvent rejetée au second plan voire complètement au fond. En ce qui concerne les sculptures, l'artiste peut se servir de la tridimensionnalité de ses œuvres pour faire correspondre le temps du spectateur avec celui de l'action représentée, à l'instar de l'*Apollon et Daphné* du Bernin.

... le baroque cherche à abolir la distance qui existait auparavant entre l'œuvre et le spectateur...

En cela, l'art baroque romain s'oppose à l'art classique français qui lui est contemporain. Face à la débauche de détails, de courbes et contre-courbes dont fait montre le baroque, l'Académie royale de peinture et de sculpture, dirigée par Charles Le Brun, premier peintre du roi, impose la lisibilité et la rectitude du classicisme. Et, face au jeu avec le spectateur que le baroque désire instaurer, le classicisme impose son éducation. En France, l'art doit enseigner avant de plaire. De fait, alors que le baroque cherche à abolir la distance qui existait auparavant entre l'œuvre et le spectateur, le classicisme, avec toute sa gravité, tente de maintenir celle-ci à tout prix. On peut alors dire que l'art baroque désire instaurer une relation sensorielle, si ce n'est sensuelle, avec le spectateur, tandis que l'art classique perpétue la relation stricte et raisonnante de l'enseignant vis-à-vis de l'élève. La différence entre ces deux styles est aussi visible dans la façon dont les artistes des deux bords figurent leurs thèmes. D'un côté et d'une manière inspirée du platonicisme, l'art classique veut démontrer la permanence sereine des choses divines dont les choses terrestres ne sont que des images imparfaites. De l'autre côté, l'art baroque met l'accent sur leur aspect transitoire. Cela est bien visible dans l'*Apollon et Daphné* du Bernin qui représente à merveille la tragédie de l'instant de la transformation, comme nous l'avons vu.

... la morale chrétienne et la magnificence païenne des corps...

On peut se demander pourquoi l'art classique et l'art baroque représentent des thèmes issus des mythologies païennes de l'antiquité gréco-romaine alors que leur vocation première est de magnifier la foi catholique. Pour répondre à cette question, il faut savoir que les artistes et leurs commanditaires des XVIe et XVIIe siècles imaginaient que la vie pendant l'Antiquité était bien plus douce que celle de leur époque. Et ils pensaient que cette douceur était propice pour atteindre la perfection, non seulement artistique, mais aussi intellectuelle. Avec une restriction, le seul péché des Grecs et des Romains était de ne pas avoir connu ou reconnu la « vraie religion », celle du dieu chrétien. C'est pourquoi, selon les préceptes de la Renaissance, il fallait tenter de retrouver la quiétude des siècles anciens et s'inspirer de leurs œuvres pour arriver au même niveau d'excellence, tout en évitant de tomber dans l'erreur des croyances antiques. Donc s'inspirer de la forme et non du fond, c'est-à-dire de la façon dont l'histoire est racontée plutôt que de l'histoire elle-même. Et, si les artistes représentaient des personnages mythologiques, ils devaient faire en sorte que le spectateur puisse y trouver un sens chrétien. C'est clairement le cas de l'*Apollon et Daphné* du Bernin. Un témoin de l'époque rapporte l'anecdote suivante : le cardinal de Sourdis rendit visite à l'artiste dans son atelier en compagnie du cardinal Borghèse. Devant la sculpture que nous avons maintenant sous les yeux, il s'exclama « qu'il aurait scrupule de l'avoir dans sa maison ; que la figure d'une belle jeune fille nue, comme celle-là, pouvait émouvoir ceux qui la voient ». En réponse à cette pudeur toute chrétienne, Scipion Borghèse composa une épigramme en latin selon laquelle Apollon, après avoir longtemps poursuivi Daphné et après qu'elle se fut changée en laurier, cueillit des feuilles et les porta à sa bouche. Mais, au lieu de goûter leur suavité, il les trouva amères. Et de conclure par ces mots : « Le plaisir après lequel nous courons, ou n'est jamais atteint ou, s'il est atteint, ne procure, quand on le goûte, que de l'amertume. » Cette épigramme oriente bien l'histoire racontée par Ovide dans un sens chrétien : aucune des joies que l'on peut connaître dans notre monde n'est accessible sans une douloureuse contre-partie. Seule la félicité divine est promise après la mort à ceux qui entreront au paradis. Le cardinal a d'ailleurs fait graver son épigramme sur le socle du groupe sculpté pour atténuer la contemplation de la beauté des corps et conserver en mémoire les vrais préceptes du christianisme.

Ainsi, la contradiction qu'on a cru percevoir dans l'*Apollon et Daphné* entre le style baroque d'inspiration catholique et le thème issu de la mythologie païenne n'en est pas une. Il s'agit plutôt d'une complémentarité. L'œuvre du Bernin comporte effectivement deux aspects : la morale chrétienne et la magnificence païenne des corps. Et il est assuré que Scipion Borghèse, même s'il est cardinal, c'est-à-dire un des plus hauts dignitaires de l'Église, assumait complètement cette ambivalence. Dans la vision peu orthodoxe qui est la sienne, la foi catholique pouvait s'accommoder des jouissances mythologiques, et la contemplation de la beauté d'un corps pouvait supplanter la disparition annoncée de ce corps même.

Les textes

en perspective

Hélène Tronc

Vie littéraire

Mythes grecs
et poètes romains

CARMEN ET ERROR. UN POÈME ET UNE FAUTE. C'est à cause d'une faute — on ignore laquelle précisément — et de vers qui avaient déplu à l'empereur Auguste que Publius Ovidius Naso (Ovide) est banni loin de Rome, en l'an 8. Le poète est alors au faîte de la gloire. Il aime Rome et Rome l'aime. Il est en train d'achever *Les Métamorphoses,* son chef-d'œuvre, mais ses livres sont désormais interdits dans les bibliothèques publiques de la ville. Relégué aux marges de l'Empire, au bord du Pont-Euxin (la mer Noire), Ovide l'Italien se désespère. « Ma vie est une espèce de mort », se plaint-il dans une lettre. Il fait si froid en hiver que le vin se fige. Il est entouré de gens qui ne parlent pas latin et enduisent leurs flèches de « fiel de vipère ». Il s'inquiète de sa postérité. Va-t-il sombrer dans l'oubli ?

Deux mille ans plus tard, la réponse est sans réserve. Non seulement Ovide a survécu mais, de tous les auteurs de l'Antiquité, il est celui dont l'héritage a été le plus fertile. *Les Métamorphoses,* son grand récit poétique qui tisse ensemble plus de deux cents mythes, fut la principale passerelle entre la culture gréco-latine et celle de l'Europe moderne, irriguant la littérature et les arts comme aucune autre œuvre. Le mot qu'il a choisi pour clore le livre, *vivam* (« je vivrai »), semble rétrospectivement prophétique.

1.

Après Virgile

1. *De* L'Énéide *aux* Métamorphoses

Un poème habite Ovide lorsqu'il entreprend *Les Métamorphoses*, une œuvre qu'il admire et veut égaler : *L'Énéide* de Virgile. En racontant le périple d'Énée, le héros parti de Troie et arrivé sur les côtes italiennes, près du site futur de Rome, Virgile avait donné aux Romains une épopée comparable à l'*Iliade* et à l'*Odyssée* pour la civilisation grecque ; une épopée nationale, ancrant l'histoire présente dans le temps mythique des héros. Énée incarne les vertus idéales du peuple romain : piété, sens du devoir, courage. De lui descendent Romulus, le fondateur légendaire de Rome, Jules César et l'empereur Auguste. Habituée à regarder vers la Grèce et sa culture, Rome avait trouvé en Virgile son Homère. *L'Énéide* devint aussitôt un classique, enseigné dans les écoles romaines.

Ovide a vingt-quatre ans à la mort de Virgile. Ses poésies plaisent déjà. L'amour est son thème favori. Peu après la quarantaine, il décide de s'attaquer lui aussi à l'épopée, le genre littéraire le plus élevé, auquel Virgile a donné ses lettres de noblesse en latin. Mais Ovide n'est pas un imitateur ; c'est un novateur. Le deuxième mot du poème n'est pas *nova* (nouveaux) pour rien. Il crée donc une épopée qui n'a rien d'une épopée traditionnelle. Virgile chantait des guerres

(*L'Énéide* s'ouvre sur « Je chante des combats et un héros ») ; Ovide racontera des histoires d'amour et de transformation étranges. Virgile unifiait son récit autour de la figure centrale d'Énée ; Ovide fera proliférer les personnages et les histoires distinctes en évoquant plus de deux cents mythes grecs, latins et même babyloniens. Virgile faisait remonter l'ascendance de Jules César et d'Auguste au temps de la guerre de Troie ; Ovide partira du chaos originel. Virgile cherchait à fixer pour la postérité les exploits héroïques précédant la fondation de Rome ; Ovide décrira l'impermanence et la mutation de toutes choses. Ovide métamorphose l'épopée, en faisant du genre le plus noble celui qui offre la plus grande liberté narrative.

2. *Un âge d'or*

Comme l'atteste une de ses lettres écrites en exil, Ovide a conscience de vivre à une époque où la poésie latine s'épanouit, et ce climat l'exalte :

> J'ai connu, j'ai aimé les poètes, mes contemporains.
> Je croyais voir autant de dieux dans ces mortels inspirés.

Il clôt une période d'une cinquantaine d'années qu'on a appelée l'âge d'or de la poésie romaine. À Virgile et Horace succèdent Tibulle, Properce et Ovide. La paix qui suit l'accession d'Auguste au pouvoir favorise les arts. Alors que le théâtre et l'art oratoire, propices aux débats d'idées, primaient sous la République, c'est la poésie qui domine la production littéraire au début de l'Empire, quand les libertés politiques se trouvent affaiblies. La poésie avait été longue à se développer à Rome et fut d'abord pratiquée par des Grecs cultivés. Au début du 1er siècle avant notre ère, cependant, le goût de la poésie se répand. Elle devient même l'un des loisirs des sénateurs et chevaliers romains.

Le poète Horace évoque avec ironie dans ses *Épîtres* la passion qui s'est emparée de Rome :

> Aujourd'hui, le peuple romain ne brûle que de la fureur d'écrire. Tous les Romains, enfants, graves pères de famille, se mettent à table la tête couronnée de laurier et récitent des vers. Moi-même, qui déclare ne point en composer, je me montre plus menteur qu'un Parthe, et debout avant le lever du soleil, je demande des plumes, du papier, ma cassette.

Comme d'autres poètes, Horace a bénéficié d'un généreux mécénat. Messala, un général et homme d'État, réunit un cercle littéraire et encourage Tibulle puis Ovide à ses débuts. Mécène, un ami fortuné d'Auguste, soutient Virgile, Horace et Properce. Il crée sur la colline de l'Esquilin des jardins comprenant des bibliothèques, des bains et des œuvres d'art. Le rôle de Mécène en faveur des arts fut tel que son nom est devenu un nom commun. Il n'échappe pas au pouvoir que l'essor des lettres latines peut contribuer au rayonnement de Rome.

3. « Les peuples me liront »

Plus jeune que Virgile et Horace, Ovide n'a pas connu les guerres civiles. Les poètes de sa génération ont la liberté d'être plus frivoles, même si l'empereur essaie de les enrôler à son service. Ovide a néanmoins de très hautes ambitions, comme l'affirme éloquemment la fin des *Métamorphoses* :

> Et maintenant j'ai achevé un ouvrage que ne pour-
> ront détruire ni la colère de Jupiter, ni la flamme, ni
> le fer, ni le temps vorace. Que le jour fatal qui n'a de
> droits que sur mon corps mette, quand il le voudra,
> un terme au cours incertain de ma vie : la plus noble
> partie de moi-même s'élancera, immortelle, au-dessus
> de la haute région des astres et mon nom sera impé-
> rissable. Aussi loin que la puissance romaine s'étend
> sur la terre domptée, les peuples me liront et, désor-
> mais fameux, pendant toute la durée des siècles, s'il y
> a quelque vérité dans les pressentiments des poètes, je
> vivrai.

Ovide sait qu'il prend place dans l'histoire glorieuse
d'un empire dominateur politiquement, militairement
et culturellement. On ignore quand il rédigea les dernières lignes des *Métamorphoses*. Il se peut que ce soit
après l'annonce de son exil ; que la colère de Jupiter
soit une allusion à la colère d'Auguste, qui l'avait
chassé ; et qu'il ait ainsi voulu signifier que rien ne
pourrait le briser puisque ses œuvres survivraient.

2.

La Rome d'Auguste

1. *Bibliothèques et lectures publiques*

L'immortalité dont rêve Ovide se traduit très concrètement dans la Rome impériale : le temple d'Apollon,
construit en marbre blanc près de la demeure de l'empereur sur le mont Palatin, comprend une double bibliothèque qui conserve les œuvres des plus illustres auteurs
grecs et romains. Les bibliothèques se développent sous
Auguste, édifiées par de riches particuliers ou par l'État.

La ville compte aussi des librairies, près du Forum. Les libraires se chargent de reproduire les textes sur des rouleaux de papyrus mesurant plusieurs mètres, que l'on déroule au fil de la lecture (le *volumen*, dérivé du verbe *volvo*, « rouler », est un livre roulé ; l'usage du parchemin se répandit un peu plus tard). Le commerce des livres fleurit à Rome, y compris celui des livres rares, des manuscrits originaux, des premières éditions, malgré l'illettrisme d'une partie de la population. Certains particuliers possèdent de somptueuses bibliothèques. Le philosophe Sénèque fustige d'ailleurs dans *De la tranquillité de l'âme* la bibliomanie romaine :

> Beaucoup de gens, dépourvus de la culture la plus élémentaire, ont des livres non pour exercer leur esprit, mais pour orner leur salle à manger. Achetons donc des livres dont nous avons besoin, et non pour la parade ! […] Chez les plus paresseux, tu peux voir des collections entières des orateurs et des historiens empilées jusqu'au plafond. En effet, aujourd'hui, comme les bains et les thermes, la bibliothèque est devenue l'ornement obligé de toute maison qui se respecte.

Les auteurs présentent leurs œuvres lors de lectures publiques. C'est ainsi qu'Ovide fit connaître ses premiers poèmes. Un historien romain raconte que Virgile était acclamé par la foule lors de ces lectures, et Horace mentionne que des passants le reconnaissent dans la rue.

2. *Des briques au marbre*

La Rome d'Ovide est une capitale cosmopolite où convergent des habitants de toute la péninsule italienne et des provinces de l'Empire. Près d'un million de personnes vivent dans la cité que les Romains appellent simplement *Urbs*, « la Ville ». Comme la poésie, l'architecture et l'urbanisme bénéficient du nouveau contexte politique. Profitant de la paix retrouvée et de ressources inégalées, Auguste fait embellir Rome, favorisant l'essor de nouvelles technologies de construction (maçonnerie, plomberie, grues, machineries). L'historien romain Suétone résume son œuvre en reprenant une formule célèbre que l'empereur aurait prononcée sur son lit de mort :

> Rome n'avait pas un aspect digne de la majesté de l'Empire, et était, en outre, sujette aux inondations et aux incendies ; il sut si bien l'embellir qu'il put se vanter avec raison de la laisser de marbre, après l'avoir reçue de briques.

L'emploi du béton, l'une des clés de la réussite architecturale romaine, se généralise et permet d'édifier rapidement murs et voûtes, en habillant les façades selon les besoins. Auguste fait restaurer et édifier de nombreux temples, dédiés notamment à Mars Vengeur, à Apollon et, après avoir failli être foudroyé, à Jupiter Tonnant. Au champ de Mars, il fait installer un obélisque égyptien formant un monumental cadran solaire. Il fait paver de nombreuses routes pour désengorger les accès à Rome. Il réglemente la circulation et les livraisons, limite la hauteur des bâtiments et crée des brigades de policiers et de pompiers qui font des rondes de nuit pour lutter contre les incendies. Son ami Agrippa finance la construction du Panthéon et de thermes ; il améliore les égouts, fait drainer le Tibre et construire de nouveaux aqueducs tout en restaurant les anciens, car Rome consomme toujours plus d'eau. Auguste organise de grands spectacles — combats de bêtes ou d'athlètes, batailles navales — et présente au public des animaux exotiques : rhinocéros, tigres, grands serpents.

3. Une ville éternelle ?

La Rome d'Ovide est donc en pleine transformation. Le poète, originaire d'une bourgade des Abruzzes (une région à l'est de Rome), aime l'effervescence de la vie urbaine et se réjouit de vivre à son époque. Il écrit dans *L'Art d'aimer* :

> Chez nos ancêtres régnait une simplicité rustique ; maintenant, resplendissante d'or, Rome possède les immenses richesses de l'univers qu'elle a dompté. Voyez le Capitole ; comparez ce qu'il est présentement à ce qu'il fut jadis : on le dirait consacré à un autre Jupiter. Le palais du sénat, digne aujourd'hui de cette auguste assemblée, n'était, sous le règne de Tatius, qu'une simple chaumière. Ces brillants édifices élevés en l'honneur d'Apollon et de nos illustres généraux, qu'était-ce autrefois ? un pâturage pour les bœufs de labour. Que d'autres vantent le passé ; pour moi, je me félicite d'être né dans ce siècle : il convient mieux à mes goûts.

Tout en admirant l'œuvre d'Auguste à Rome, Ovide n'est pas un poète soumis. Il préfère l'irrévérence. À la fin des *Métamorphoses*, il évoque même la possibilité que Rome connaisse un jour le déclin, comme Troie, Sparte, Athènes et tous les grands empires. L'amoureux de Rome ne souscrit pas au mythe de « la ville éternelle », propagé par Auguste.

3.

L'héritage grec

1. *Romains et Hellènes*

Les Romains ont toujours porté un regard ambigu sur les Grecs. Ceux-ci ne sont pas vantards et débraillés comme les Gaulois, ils ne portent pas de pantalons, mais ils aiment s'exercer nus au gymnase, le corps frotté d'huile (coutume suspecte), et passent beaucoup de temps à philosopher au lieu de faire du droit. En même temps, ils ont incontestablement produit une culture civilisée. Homère, Hésiode, les auteurs tragiques, les philosophes grecs suscitent l'admiration des Romains. Ceux-ci copient d'ailleurs le modèle d'éducation des Grecs : étude des grands écrivains et apprentissage de l'art oratoire et de l'argumentation. Certains éléments de la culture grecque se diffusèrent très tôt en Italie grâce aux colonies grecques implantées dans le sud de l'Italie et en Sicile. Les premiers historiens de Rome écrivirent en grec. Le système métrique de la poésie latine fut calqué sur la versification grecque.

La domination romaine de la Grèce à partir du milieu du IIe siècle avant notre ère accentua l'hellénisation de la société romaine. Les jeunes Romains aisés faisaient leurs études dans leur langue maternelle, le latin, et en grec, symbole de culture. Certains allaient en Grèce pour parfaire leur éducation. Avant d'entrer dans la carrière politique, l'orateur Cicéron y voyagea. Cinquante ans plus tard, le jeune Ovide, âgé de dix-huit ans, faisait de même, avec son frère. *Les Métamorphoses* sont imprégnées de culture et de mythologie grecques même si Ovide sait que la culture latine de son temps s'est émancipée de la Grèce, et pourrait affirmer avec Horace :

> Nous sommes à l'apogée de la gloire : en peinture, en musique, à la palestre [salle de gymnastique] même, nous sommes plus habiles que ces Grecs dont l'huile assouplissait les corps.

2. *Athènes, Alexandrie, Rome*

Outre les grands auteurs grecs de l'époque archaïque et classique, les écrivains romains du temps d'Ovide s'inspirent d'écrivains grecs plus proches d'eux. Après la mort d'Alexandre le Grand, en 323 avant notre ère, son immense empire avait été partagé. En Égypte, la dynastie des Ptolémée avait fait d'Alexandrie un grand centre culturel grec. Elle créa notamment le *Museîon*, un vaste complexe consacré aux Muses, qui abritait des savants et des collections d'une richesse inégalée (c'est l'origine de notre « musée »). Au sein de ce musée se trouvait la bibliothèque d'Alexandrie, fondée vers 280 avant notre ère pour recueillir le savoir universel. Au crépuscule de la civilisation grecque et avant la conquête de l'Égypte par les Romains, elle rayonna dans tout le bassin méditerranéen. Elle enrichissait ses immenses collections en achetant des livres et en obligeant les bateaux qui faisaient halte dans le port à déposer leurs livres pour qu'ils soient copiés et traduits en grec. C'est là que furent minutieusement éditées les œuvres grecques qui nous sont parvenues. Là aussi que fut traduite en grec la Bible des Hébreux.

Les écrivains grecs de cette période dite « hellénistique », soucieux de revenir sur l'ensemble de l'héritage intellectuel grec, rédigent des compilations et des dictionnaires. L'un des auteurs les plus lus par Ovide, Callimaque, travaille pour la bibliothèque d'Alexandrie et publie *Les Causes*, un poème où il explique les origines de certaines villes et de rites religieux étranges. Plusieurs auteurs dressent des catalogues de métamorphoses. Nicandre de Colophon, par exemple, publie un livre intitulé *Les Altérations*. Un certain Boïos rédige une *Origine des oiseaux*, traduite en latin par un ami d'Ovide, qui explique la naissance des oiseaux par la métamorphose d'êtres humains. Ces auteurs grecs s'intéressent, comme Ovide, aux mythes fondateurs, aux récits sur les origines, aux causes qui expliquent que les choses sont comme elles sont — pourquoi tel culte, tel temple, tel arbre se rencontrent à tel endroit. Ils aiment aussi jouer avec l'héritage littéraire et insérer dans leurs textes des allusions savantes ou des apartés au lecteur, tous procédés que l'on retrouve chez Ovide.

3. *La fin d'un monde*

Les Métamorphoses ne sont pas une simple encyclopédie de la mythologie, même si on les a souvent vues ainsi parce qu'elles regroupent plus de deux cents mythes, dont certains inconnus par ailleurs. Certes, Ovide s'inspire du modèle alexandrin du catalogue, mais il le fusionne avec le genre narratif de l'épopée pour produire une forme nouvelle : un recueil composite où les récits s'enchaînent à un rythme effréné. Le principe moteur du livre est le plaisir du récit. La mythologie est une immense réserve d'histoires pour Ovide.

En un sens, les mythes qu'il raconte sont morts pour lui. Il n'y croit pas littéralement. Il glisse souvent une remarque qui montre qu'il n'est pas dupe. « Qui le croirait si l'Antiquité ne l'attestait ? » dit-il, par exemple, à propos des pierres qui ramollissent et se transforment en humains après le déluge. La religion romaine est en pleine mutation à cette époque. Mais autant les récits mythologiques d'Ovide ont perdu une part de leur signification religieuse, autant ils offrent de grandes possibilités littéraires. La mythologie est un univers de fiction fécond, fourmillant de personnages à la fois mystérieux et familiers. Ovide offre à ses lecteurs une synthèse vivante de la mythologie grécoromaine à un moment où l'histoire s'apprête à basculer. Ce livre de toutes les métamorphoses, publié vers l'an 8 de notre ère, est écrit à l'aube d'une métamorphose encore inimaginable, celle de la culture grécoromaine au contact du christianisme.

Pour aller plus loin

VIRGILE, *L'Énéide*, trad. Jacques Perret, Gallimard, « Folio ».

Catherine SALLES, *L'Antiquité romaine*, Larousse.

Jacques GAILLARD, *Rome, le temps, les choses*, Actes Sud « Babel ».

Rome, accompagnement pédagogique par Hélène TRONC, « La bibliothèque Gallimard ».

L'écrivain
à sa table de travail

L'amour du changement

1.

Un monde en mutation

1. *Chacun cherche sa forme*

Un homme se change en loup, une pierre en femme, une cabane en temple, un jeune homme en fleur, une motte de terre en lingot d'or, un couple d'amoureux en arbres entrelacés : dans *Les Métamorphoses*, aucune identité n'est fixe. Tout se transforme. Le don de se métamorphoser à volonté et de métamorphoser les autres est le propre des dieux. Certaines divinités aquatiques, comme le fleuve Pénée, père de Daphné, excellent à changer de forme. C'est aussi le cas de Protée, cité par Ovide, et dont la langue française a gardé le souvenir dans l'adjectif « protéiforme » :

> Certains corps ont la capacité de revêtir successivement plusieurs figures, toi, par exemple, Protée, habitant de la mer qui entoures la terre de tes bras. Car on t'a vu tantôt jeune homme, tantôt lion ; un jour tu étais un sanglier furieux, une autre fois un serpent dont on redoutait le contact, ou bien encore un taureau

> armé de cornes ; souvent on pouvait te prendre pour une pierre, souvent aussi pour un arbre ; parfois, empruntant l'aspect d'une eau limpide, tu étais un fleuve, parfois une flamme ennemie de l'onde.

Ce pouvoir magique des dieux antiques se retrouve dans les contes où fées, génies et sorcières transforment des citrouilles en carrosses ou des princes en crapauds. Chez Ovide, où les métamorphoses sont incessantes, les frontières entre les espèces ne semblent pas hermétiques. Le minéral, le végétal, l'animal, l'humain et même le divin appartiennent à un même continuum. L'auteur cherche dès le début à brouiller les limites. Lorsque Jupiter propose d'anéantir la race humaine par un déluge, les dieux débattent, comme des sénateurs romains. Certains hésitent à voter oui par crainte de perdre leurs avantages : s'il n'y a plus d'hommes, qui leur offrira de l'encens ?

2. *Décomposer le mouvement*

Ovide n'utilise jamais le mot « métamorphoses » dans le corps de son poème, mais c'est sous ce titre que l'œuvre était connue. Le mot semble rare avant lui, et sa diffusion lui doit sans doute beaucoup. C'est un mot grec, et non latin, composé à partir du préfixe *méta*, indiquant le changement, et du nom *morphê*, « la forme ». Les récits antérieurs présentent les transformations comme la simple substitution d'un état à un autre. Ovide, lui, décrit souvent la progression et les manifestations extérieures du changement. Le lecteur voit la transformation s'opérer sous ses yeux. La métamorphose d'Écho est à cet égard emblématique. Punie par Junon, la nymphe ne peut que répéter les derniers mots de ses interlocuteurs. Elle est amoureuse de Narcisse, mais le jeune homme l'ignore et elle dépérit :

> Son amour est resté gravé dans son corps et le chagrin d'avoir été repoussée ne fait que l'accroître. Les soucis qui la tiennent éveillée épuisent son corps misérable, la maigreur dessèche sa peau, toute la sève de ses membres s'évapore. Il ne lui reste que la voix et les os ; sa voix est intacte, ses os ont pris, dit-on, la forme d'un rocher. Depuis, cachée dans les forêts, elle ne se montre plus sur les montagnes ; mais tout le monde l'entend ; un son, voilà tout ce qui survit en elle.

Ovide raconte la métamorphose au présent de narration, créant une impression d'immédiateté. Il en décrit les étapes très concrètement. Il liste les modifications du corps : amaigrissement, dessèchement, évaporation, pétrification. La métamorphose est décomposée en une série de changements physiques simples. Le merveilleux semble vraisemblable. Désespérée, Écho se désincarne et seul demeure un son.

Ovide s'attarde sur le passage d'une forme à une autre, parce qu'il s'intéresse aux états intermédiaires, aux corps hybrides. Lorsque Actéon est attaqué par sa propre meute de chiens, il est un cerf à l'extérieur mais encore un peu Actéon à l'intérieur. À la fois homme et animal, et en même temps ni l'un ni l'autre : « Il gémit et, si sa voix n'est plus celle d'un homme, elle n'est pourtant pas celle qu'un cerf pourrait faire entendre. »

3. *La peinture des passions*

Le monde peint par Ovide est violent. Ce qui met en branle les métamorphoses, ce n'est pas juste le passage du temps ; ce sont des passions, le choc de la rencontre avec des forces supérieures. La passion amoureuse sous toutes ses formes suscite une grande partie des transformations du livre : désespoir d'Écho, amour orgueilleux de Narcisse pour lui-même, amour de sa créature chez Pygmalion, désir chez Jupiter. En poète qui a consacré une grande partie de son œuvre au désir amoureux, Ovide excelle à rendre les émotions de ses personnages. Apollon, le dieu des oracles, censé connaître l'avenir, s'illusionne sur le sien et croit en ses chances de séduire Daphné. La description poignante de la tristesse d'Orphée ou de la mélancolie de Narcisse a inspiré de nombreux auteurs. La passion tragique de Pyrame et Thisbé préfigure celle de Roméo et Juliette chez Shakespeare. L'art de peindre conjointement la vie intérieure et la transformation extérieure des corps explique la popularité inégalée d'Ovide auprès des artistes.

D'autres sentiments suscitent des métamorphoses. Le roi Midas aime trop l'or. Chez Lycaon, c'est la cruauté qui est punie, transformant le tyran en ce qu'il était déjà : un loup vorace. Le chagrin de Cyparissus lui fait quitter l'espèce humaine. Quand ils ne sont pas transformés à cause de leurs passions, les hommes risquent de se métamorphoser au contact de puissances qui les dépassent. L'aventure d'Actéon montre le danger de ce type de rencontre. Le jeune chasseur voit ce qu'il n'aurait pas dû voir : la déesse Diane au bain. De chasseur, il devient gibier et se fait dévorer. Philémon et Baucis sortent aussi métamorphosés de leur rencontre imprévue avec des divinités mais, au lieu d'être punis, ils sont récompensés.

4. *Tout passe, tout lasse, tout casse*

Au dernier livre des *Métamorphoses*, Ovide met dans la bouche du philosophe grec Pythagore un discours philosophique sur une loi qui éclaire toute l'œuvre :

> Il n'y a rien de stable dans l'univers entier ; tout passe, toutes formes ne sont faites que pour aller et venir [...]. Rien ne conserve son apparence primitive ; la nature, qui renouvelle sans cesse l'univers, rajeunit les formes les unes avec les autres. Rien ne périt, croyez-moi, dans le monde entier ; mais tout varie, tout change d'aspect.

Pythagore de Samos vécut au VIe siècle avant notre ère. Ce grand penseur grec, versé dans l'astronomie, la musique et les mathématiques — c'est à lui qu'on doit les tables de multiplication et le théorème sur le triangle rectangle —, avait fini sa vie en Calabre, et initié de nombreux disciples. Il pensait que l'âme est immortelle et migre d'un corps, humain, animal ou végétal, à un autre. Il prônait un régime végétarien et affirmait se souvenir de ses propres réincarnations.

L'affinité d'Ovide avec Pythagore est patente. La métamorphose est une loi universelle, un principe vital même. Pour traduire cette incessante mobilité, il privilégie une écriture énergique, encline aux énumérations et aux phrases brèves. Il utilise le vers de l'épopée, l'hexamètre dactylique, mais en lui imprimant souvent une allure vive (les vers romains reposent sur des schémas rythmiques, pas sur le nombre de syllabes et la rime). Aux discours théoriques, Ovide préfère les possibilités de la littérature. Il ne se contente donc pas d'affirmer que tout change ; il incarne ce changement dans une œuvre polymorphe.

2.

Une œuvre protéiforme

1. Mille et une métamorphoses

Au XVIᵉ siècle, Montaigne écrivait : « Le premier goût que j'eus aux livres, il me vint du plaisir des fables de la Métamorphose d'Ovide. » Le poète est une sorte de Schéhérazade romaine. Comme l'héroïne des *Mille et Une Nuits*, il charme son auditoire et l'absorbe dans une fiction qui se renouvelle sans cesse, d'histoire en histoire. La monotonie est sa hantise ultime. Il cherche à surprendre par tous les moyens. « L'art doit imiter le hasard », dit-il dans *L'Art d'aimer*. La métamorphose devient parfois même un élément secondaire, pour éviter l'uniformité. Ovide déjoue aussi les attentes en évoquant à peine certains mythes très connus et en présentant ceux qu'il raconte d'une manière toujours inédite, une dimension à laquelle nous sommes moins sensibles que les lecteurs romains. Cet art de déjouer les attentes et de surgir où on ne l'attend pas rappelle l'intelligence d'un grand affabulateur de la mythologie : Ulysse, l'homme aux mille ruses.

Le poète se soumet lui-même au principe de la mutation généralisée. Il n'a pas le monopole de la parole. Un personnage peut devenir narrateur. La métamorphose de Lycaon en loup est racontée par celui qui en est l'auteur, Jupiter en personne. Une femme occupée à bavarder avec ses sœurs au lieu de célébrer Bacchus raconte les amours de Pyrame et Thisbé, juste avant d'être transformée en chauve-souris. La parole circule entre les dieux, les hommes et le poète.

2. *Mélange des genres*

En choisissant le thème de la métamorphose, Ovide s'est donné une matière inépuisable. Du moindre caillou au plus puissant des dieux, rien ne lui est étranger. Mais il ne se contente pas de cette matière infinie. Il abolit les frontières entre les genres littéraires, comme si le principe de la métamorphose qui affecte les personnages se communiquait à l'œuvre. Le poème prend de multiples formes : cosmogonie, comédie, tragédie, épopée, description bucolique, discours philosophique. Au final, l'épopée à la mode ovidienne ressemble au roman d'aujourd'hui : un genre qui englobe tous les autres.

Bien plus, Ovide change souvent de tonalité à l'intérieur d'un récit. Le suicide de Pyrame est décrit avec une grande force dramatique. Le poignard pénètre dans la chair ; le sang rouge jaillit ; et à cet instant où le tragique est à son comble, Ovide compare le jet de sang à une fuite d'eau giclant d'un tuyau de plomb percé. Ce mélange de tragédie et de plomberie désamorce tout risque de pathos excessif. Car Ovide déteste s'appesantir. Dans l'histoire de Daphné, en plein suspense, il change de rythme et insère un long discours direct au milieu de la course-poursuite. Tout en courant derrière Daphné, dans la forêt, Apollon lui récite son CV pour la persuader de ses qualités :

> Apprends cependant qui tu as charmé ; je ne suis pas un habitant des montagnes, ni un berger, un de ces hommes incultes qui surveillent les bœufs et les moutons [...]. C'est à moi qu'obéissent le pays de Delphes et Claros et Ténédos et la résidence royale de Patara ; j'ai pour père Jupiter ; c'est moi qui révèle l'avenir, le passé et le présent.

Pas convaincue, Daphné continue sa course, et le récit ses métamorphoses.

3. *L'humour d'Ovide*

L'épopée est un genre où le poète ne peut pas parler de lui. Traditionnellement, il ne se manifeste qu'au début, pour invoquer les Muses. Ovide sollicite bien les dieux, mais il affirme auparavant que ce qui le guide dans son entreprise, c'est son *animus*, son « esprit », une revendication très forte. Le poète réapparaît à la fin du livre pour prédire son immortalité. Entre les deux, il s'éclipse mais jamais totalement. L'unique constante dans le désordre des *Métamorphoses* est cet esprit ovidien, perceptible notamment dans le regard amusé et détaché qui informe le texte.

Prenons l'histoire de Phaéton. Ovide y peint avec beaucoup de sensibilité l'adolescence, les rapports père-fils et la psychologie de Phaéton et d'Apollon, le dieu du Soleil. Mais il émaille son récit de détails incongrus. Lorsque Phaéton s'apprête à s'élancer sur le char de son père, Ovide précise que ce dernier lui enduit le visage d'une sorte de crème solaire divine. Quand l'univers entier est la proie des flammes, la Terre asséchée implore Jupiter de mettre fin à la virée du jeune homme et se plaint qu'elle suffoque. Ovide ajoute : « La chaleur lui avait fermé la bouche. » Quand Jupiter envoie sa foudre pour arrêter Phaéton, qui a perdu le contrôle de son véhicule, la scène est décrite comme un accident de la route (rênes, harnais, essieux, rayons des roues gisent éparpillés). Dans ce récit sérieux, Ovide pousse la logique sérieuse à son terme : le fils du Soleil n'est pas son père et a besoin d'un produit solaire ; la Terre a une bouche, puisqu'elle parle ; si le dieu du Soleil se déplace en char, un accident de la route peut survenir en plein ciel. Le sérieux engendre lui-même l'humour. Le sourire d'Ovide transforme ainsi subtilement et continuellement le récit.

3.

Poésie et métamorphose

1. *Recyclage*

Ovide est un expert en recyclage. Il fait du neuf avec du vieux et l'annonce dès la première phrase des *Métamorphoses*. Ce programme peut se comprendre de multiples manières. Entreprendre de raconter la mutation de formes en des corps nouveaux, c'est bien sûr raconter des histoires de métamorphoses (un homme se transforme en loup). C'est aussi prendre de vieilles histoires (les mythes grecs) et les renouveler en les racontant autrement et dans une autre langue, le latin. La phrase renvoie aussi au fait qu'Ovide s'empare d'une forme ancienne, l'épopée, et la métamorphose en quelque chose de nouveau. Plus précisément, il révise de fond en comble l'épopée à la mode de Virgile, comme le comprend aussitôt tout lecteur romain qui connaît par cœur depuis l'école le début de l'*Énéide*.

Cette ouverture contient, en outre, une allusion personnelle, un clin d'œil d'Ovide à ses lecteurs. L'une des nombreuses métamorphoses comprises dans ce début est sa propre métamorphose : le poète de l'amour change la forme de ses vers et se transforme sous nos yeux en poète épique. Il demande aux dieux de l'aider dans son entreprise, puisqu'ils sont responsables de cette étonnante transformation, en plus de toutes les autres.

Ovide renouvelle tout ce qu'il touche. Les quatre premiers mots de la première phrase (qui peuvent se lire de manière autonome en latin, dont l'ordre est moins rigide que celui du français) le résument à eux seuls parfaitement. « *In nova fert animus* » : « Mon esprit me porte vers la nouveauté. »

2. *Un nouveau monde*

La poésie d'Ovide aide à regarder le réel autrement car le monde que nous voyons est le produit de métamorphoses antérieures. Si les fruits du mûrier sont rouge foncé, c'est en souvenir du sang de Pyrame et Thisbé, qui se donnèrent la mort sous un mûrier. Les hommes sont durs à la peine parce qu'ils sont nés de pierres que Deucalion et Pyrrha, les seuls survivants du déluge, jetèrent par-dessus leurs épaules. Le vocabulaire porte la trace d'histoires oubliées. L'île d'Icarie commémore la chute d'Icare dans la mer Égée. Les cyprès des cimetières rappellent le deuil de Cyparissus. L'écho est tout ce qui reste de la nymphe Écho.

Ovide peint donc un monde où le merveilleux gît sous la surface des choses et des mots. Un arbre, une source, un rocher, un astre cachent une généalogie insoupçonnable, une histoire étrange, une punition divine, une passion malheureuse. Le réel est hanté par l'imaginaire. Le plus étonnant est que les histoires d'Ovide ont elles-mêmes contribué à faire entrer dans la langue française des mots porteurs de fables anciennes. Pactole, dédale, narcissisme, pygmalion, par exemple, sont devenus des noms communs en français alors qu'ils ne l'étaient pas en latin et en grec.

3. *Des « rêves de malade »*

Dans son *Art poétique*, Horace, un poète de la génération antérieure à Ovide, affirme qu'un artiste qui pein-
drait une figure à cou de cheval, tête d'homme, buste
de femme et queue de poisson ne provoquerait que
des éclats de rire. Un tel tableau serait comme

> un livre dans lequel seraient représentées, semblables
> à des rêves de malade, des figures sans réalité, où les
> pieds ne s'accorderaient pas avec la tête, où il n'y aurait
> pas d'unité. — Mais, direz-vous, peintres et poètes ont
> toujours eu le droit de tout oser. — Je le sais ; c'est un
> droit que nous réclamons pour nous et accordons aux
> autres. Il ne va pourtant pas jusqu'à permettre l'alliance
> de la douceur et de la brutalité, l'association des ser-
> pents et des oiseaux, des tigres et des moutons.

Ovide, justement, s'intéresse à ces « rêves de malade »,
à ces « figures sans réalité », hybrides, « où les pieds ne
s'accordent pas avec la tête », telle une jeune fille avec
des branches qui poussent à la place des mains. Dans
le récit du déluge, il fait même un clin d'œil à Horace
en évoquant des dauphins qui se retrouvent dans les
arbres et des loups parmi les brebis. Ce goût de l'hybride
s'étend à toute son esthétique qui rejette l'unité et
entrechoque le comique et le tragique, le grotesque et
le sérieux, la douceur et la brutalité. La métamorphose
associe des éléments *a priori* incompatibles. Elle fait
vaciller des identités qu'on croyait fixes. On aperçoit
un lien profond entre métamorphose et poésie. La
poésie, elle aussi, établit des rapports nouveaux entre
les choses, grâce notamment aux métaphores et aux
comparaisons. Dans une métamorphose (un homme se
transformant en loup) comme dans une métaphore (un

jet de sang assimilé à une fuite d'eau ; Narcisse agonisant, au givre du matin qui fond sous les premiers rayons de soleil), une tension jaillit de la mise en présence de réalités différentes. Un effet d'étrangeté se produit, qui nous rend chaque élément moins familier. Nous ne regardons soudain plus un saignement, ni une fuite d'eau, de la même façon. De même que la métamorphose est un phénomène transitoire, de même la métaphore est une correspondance fragile, fugace, un entre-deux qui ne livre pas une vérité stable. Mais par cette dimension métamorphique, la poésie ravive notre rapport au monde et au langage.

Pistes de lecture autour des *Métamorphoses*

HOMÈRE, l'*Odyssée*, livre X (« Circé la magicienne »).

Hans Christian ANDERSEN, *La Petite Sirène*, « Folio cadet ».

Philip PULLMAN, *À la croisée des mondes*, « Folio junior ».

Charles PERRAULT, « Riquet à la Houppe », *Contes*, « Folioplus classiques ».

Jacob et Wilhelm GRIMM, « Blanche-Neige et Rose-Rouge », *Contes*, « Folioplus classiques ».

Italo CALVINO, « Ovide et la contiguïté universelle », *La Machine littérature*, Seuil.

Ted HUGHES, *Contes d'Ovide*, Phébus.

Groupement de textes

Métamorphoses à gogo

Lucy et Stephen HAWKING
(nés en 1969 et 1942)

Georges et le Big Bang (2011)

(trad. F. Fraisse, Pocket Jeunesse, 2011)

Dans Georges et le Big Bang, *le célèbre physicien anglais Stephen Hawking et sa fille Lucy mêlent science et fiction en suivant les aventures de Georges et d'Annie dans le monde de l'astrophysique. Le père d'Annie est un savant qui tente de comprendre les premiers instants de l'univers mais un complot vise à l'empêcher de faire ces découvertes. Deux mille ans après Ovide et sa description des origines du cosmos, Hawking expose au passage les théories contemporaines sur les origines de l'univers et les métamorphoses inouïes survenues dans la première seconde après le Big Bang.*

Imaginez que vous êtes assis à l'intérieur de l'Univers à cette époque très, très reculée (apparemment, on ne pouvait pas s'asseoir à l'extérieur). Vous devez être très résistants, parce que les températures et les pressions sont incroyablement élevées dans cette soupe. Ce serait une petite fraction de seconde après le Big Bang, et, dans toutes les directions, le paysage serait à peu près le même. Il n'y a pas de boule de feu filant vers l'extérieur, mais une mer chaude de matériaux qui remplit tout l'espace. Quel est ce matériau ? Nous ne le savons pas de façon certaine. En tout cas, ce devaient être des éléments « exotiques » impossibles à voir maintenant, même dans nos plus grands accélérateurs de particules.

Ce petit océan de matière exotique très chaude s'étend en même temps que l'espace qu'il remplit grossit. De la matière s'éloigne de vous dans toutes les directions et l'océan devient moins dense. Plus la matière est loin, plus l'espace entre vous et elle s'étend, plus vite elle s'éloigne. Le matériau le plus proche de vous dans cet océan s'écarte plus rapidement qu'à la vitesse de la lumière.

Beaucoup de changements compliqués se produisent à présent très vite — tous dans la première seconde après le Big Bang. L'expansion du minuscule Univers permet au fluide exotique brûlant du petit océan de refroidir. D'où des changements soudains, comme quand l'eau se modifie en refroidissant et devient de la glace.

Tandis que l'Univers primordial est encore bien plus petit qu'un atome, un de ces changements dans le fluide provoque une accélération incroyable de la vitesse de l'expansion : il s'agit de l'« inflation ». La taille de l'Univers double environ quatre-vingt-dix fois de suite, passant de l'échelle subatomique à l'échelle humaine. Comme on ajuste son couvre-lit le matin, cette énorme extension aplatit toutes les grosses bosses afin que l'Univers que nous voyons aujourd'hui soit très lisse et quasiment le même dans toutes les directions.

Par ailleurs, des ondulations microscopiques dans le fluide s'étirent et grossissent, déclenchant plus tard la formation des étoiles et des galaxies.

L'inflation se termine de manière abrupte et relâche une grande quantité d'énergie, ce qui crée de nouvelles particules. La matière exotique disparaît, remplacée par des particules plus familières : les quarks (qui composent les protons et les neutrons, même s'il fait encore trop chaud pour qu'ils se forment), les anti-quarks, les gluons (qui circulent entre les quarks et les antiquarks), les photons (particules qui composent la lumière), les électrons et d'autres particules bien connues des physiciens. Il y a peut-être aussi des particules de matière noire. Bien qu'elles doivent apparaître, nous ignorons encore ce qu'elles sont.

Les Mille et Une Nuits
« Histoire du second calender »
(trad. A. Galland, « Folio classique »)

Alors qu'il tentait de délivrer une jeune femme retenue prisonnière par un génie, un prince a été transformé en singe. Recueilli à la cour d'un sultan, il rencontre une princesse dotée de pouvoirs magiques qui comprend son état et provoque en duel le génie pour mettre fin au sortilège. Le combat entre les deux est une bataille de métamorphoses, comme on en trouve dans Les Mille et Une Nuits *et d'autres contes. Cela rappelle aussi les métamorphoses infinies de Protée. Ici, pas question de s'attarder sur la description des transitions comme chez Ovide. Tout va trop vite. Le génie se présente d'abord sous la forme d'un lion. Le récit est raconté par le prince-singe.*

Le lion ouvrit une gueule effroyable et s'avança sur la princesse pour la dévorer. Mais elle, qui était sur ses gardes, fit un saut en arrière, eut le temps de s'arracher un cheveu et, en prononçant deux ou trois paroles, elle le changea en un glaive tranchant dont elle coupa le lion en deux par le milieu du corps. Les deux parties du lion disparurent, et il ne resta que la tête qui se changea en un gros scorpion. Aussitôt la princesse se changea en serpent et livra un rude combat au scorpion qui, n'ayant pas l'avantage, prit la forme d'un aigle et s'envola. Mais le serpent prit alors celle d'un aigle noir plus puissant et le poursuivit. Nous les perdîmes de vue l'un et l'autre.

Quelque temps après qu'ils eurent disparu, la terre s'entrouvrit devant nous et il en sortit un chat noir et blanc, dont le poil était tout hérissé, et qui miaulait d'une manière effrayante. Un loup noir le suivit de près et ne lui donna aucune relâche. Le chat, trop pressé, se changea en ver, et se trouva près d'une grenade tombée par hasard d'un grenadier qui était planté sur le bord d'un canal assez profond, mais peu large. Ce ver perça la grenade en un instant et s'y cacha. La grenade alors s'enfla et devint grosse comme une citrouille et s'éleva sur le toit de la galerie d'où, après avoir fait quelques tours en roulant, elle tomba dans la cour et se rompit en plusieurs morceaux.

Le loup, qui pendant ce temps-là s'était transformé en coq, se jeta sur les grains de la grenade et se mit à les avaler l'un après l'autre. Lorsqu'il n'en vit plus, il vint à nous les ailes étendues, en faisant un grand bruit, comme pour nous demander s'il n'y avait plus de grains. Il en restait un sur le bord du canal dont il s'aperçut en se retournant. Il y courut vite ; mais dans le moment qu'il allait porter le bec dessus, le grain roula dans le canal et se changea en petit poisson. [...]

Le coq se jeta dans le canal et se changea en un brochet qui poursuivit le petit poisson. Ils furent l'un et l'autre deux heures entières sous l'eau, et nous ne savions ce qu'ils étaient devenus lorsque nous entendîmes des cris horribles qui nous firent frémir. Peu de temps après, nous vîmes le génie et la princesse tout en feu. Ils se lancèrent l'un contre l'autre des flammes par la bouche jusqu'à ce qu'ils vinrent à se prendre corps à corps. Alors les deux feux s'augmentèrent et jetèrent une fumée épaisse et enflammée qui s'éleva fort haut. Nous craignîmes avec raison qu'elle n'embrasât tout le palais ; mais nous eûmes bientôt un sujet de crainte beaucoup plus pressant ; car le génie, s'étant débarrassé de la princesse, vint jusqu'à la galerie où nous étions et nous souffla des tourbillons de feu. C'en était fait de nous, si la princesse, accourant à notre secours, ne l'eût obligé, par ses cris, à s'éloigner et à se garder d'elle. Néanmoins, quelque diligence qu'elle fît, elle ne put empêcher que le sultan n'eût la barbe brûlée et le visage gâté ; que le chef des eunuques ne fût étouffé et consumé sur-le-champ et qu'une étincelle n'entrât dans mon œil droit et ne me rendît borgne. Le sultan et moi nous nous attendions à périr ; mais bientôt nous entendîmes crier : « Victoire, victoire ! » et nous vîmes tout à coup paraître la princesse sous sa forme naturelle et le génie réduit en un monceau de cendres.

La princesse s'approcha de nous et, pour ne pas perdre de temps, elle demanda une tasse pleine d'eau qui lui fut apportée par le jeune esclave à qui le feu n'avait fait aucun mal. Elle la prit et, après quelques paroles prononcées dessus, elle jeta l'eau sur moi en disant : « Si tu es singe par enchantement, change de figure et prends celle d'homme que tu étais auparavant. » À peine eut-elle achevé ces mots que je redevins homme tel que j'étais avant ma métamorphose, à un œil près.

MARIE DE FRANCE (XIIe siècle)
Le Lai de Bisclavret
(trad. P. Walter, « La bibliothèque Gallimard »)

Marie de France, la première auteure de langue française, raconte dans ses « lais » (des nouvelles en vers) des histoires d'amour étranges et merveilleuses. Elles s'inspirent souvent de contes celtiques, mais l'auteure connaissait aussi les Métamorphoses *d'Ovide. Le Lai de Bisclavret* évoque un seigneur qui s'absente trois jours par semaine, au grand désarroi de son épouse. Celle-ci est encore plus horrifiée quand elle apprend ce qu'il devient quand il disparaît : un bisclavret. Lisez cet extrait pour savoir ce que ce mot breton signifie en français et vous comprendrez mieux sa terreur.

En Bretagne habitait un seigneur.
J'ai entendu à son sujet de prodigieuses louanges.
C'était un beau et bon chevalier
d'une conduite irréprochable.
Il était l'ami intime de son seigneur
et tous ses voisins l'aimaient.
Il avait épousé une femme de grande valeur
au visage très affable.
Il l'aimait autant qu'elle l'aimait.
Mais une chose tourmentait fort son épouse :
chaque semaine durant trois jours,
il disparaissait et elle ne savait
ni ce qu'il devenait ni où il allait.
Aucun des siens ne le savait non plus.
Un jour, après qu'il fut rentré
tout joyeux et gai à la maison,
elle le questionna :
« Seigneur, mon doux ami,
il y a une chose que je vous demanderais
bien volontiers, si je l'osais.
Mais je crains tellement votre colère
que je ne redoute rien de plus au monde. »
À ces mots, il la prit dans ses bras,
l'attira vers lui et l'embrassa.
« Dame, dit-il, demandez donc !
À toute question que vous me poserez,
j'apporterai une réponse, si du moins je la connais.
— Par ma foi, dit-elle, alors je suis sauvée.
Seigneur, je suis dans un tel effroi
les jours où vous me quittez,
et j'ai dans le cœur une si grande douleur
ainsi qu'une telle crainte de vous perdre,
que si vous ne m'apportez pas un prompt réconfort,
il se pourrait que je meure très bientôt.
Dites-moi donc où vous allez,
où vous êtes, où vous demeurez.
À mon avis, vous aimez une autre femme
mais s'il en est ainsi, vous commettez une faute.

— Dame, fait-il, pitié, au nom de Dieu !
Il m'arrivera malheur si je vous le dis
car cela vous dissuadera de m'aimer
Et causera ma propre perte. »
Quand la dame a entendu sa réponse,
elle a bien compris qu'il ne plaisantait pas.
À plusieurs reprises, elle lui posa la question.
À force de le flatter et de le cajoler,
elle finit par obtenir qu'il lui raconte son aventure.
Il ne lui cacha rien.
« Dame, je deviens loup-garou.
Je pénètre dans cette grande forêt,
et au plus profond des bois,
je vis de proies et de rapine. »
Quand il lui eut tout raconté,
elle lui demande de préciser
s'il enlève ses vêtements ou s'il les garde.
« Dame, répond-il, j'y vais tout nu.
— Dites-moi, au nom de Dieu, où sont vos vêtements ?
— Dame, cela, je ne peux pas vous le dire,
car si je les perdais
et si l'on découvrait la vérité à mon sujet,
je resterais loup-garou à tout jamais.
Il n'y aurait plus pour moi aucun recours
tant que l'on ne m'aurait pas rendu mes vêtements.
C'est pour cela que je veux garder le secret sur tout
cela.
— Seigneur, lui répond la dame,
je vous aime plus que tout au monde.
Vous ne devez rien me cacher
ni redouter quoi que ce soit de ma part,
ou alors ce serait la preuve que vous ne m'aimez pas.
Qu'ai-je fait de mal ? Pour quelle faute
redoutez-vous de moi quoi que ce soit ?
Dites-le-moi, vous ferez bien ! ».
Elle le tourmente et le harcèle tant
qu'il ne put que lui révéler la chose.
« Dame, dit-il, à côté de ce bois,

près du chemin que je prends,
se trouve une vieille chapelle
qui souvent me rend grand service.
Là se trouve une pierre lée et creuse,
en dessous d'un buisson.
Je mets mes vêtements sous le buisson
jusqu'à ce que je revienne à la maison. »
La dame écoute ce récit prodigieux
et en devient rouge de peur.

Robert Louis STEVENSON (1850-1894)

L'Étrange Cas du docteur Jekyll
et de M. Hyde (1886)

(trad. C. Ballarin, « Folioplus classiques » n° 53)

*Désireux de séparer en lui le bien du mal, le Dr. Henry
Jekyll tente des expériences sur sa propre personne pour se dis-
socier et se métamorphoser à volonté en Jekyll (son bon côté)
ou en Hyde (sa part sombre et criminelle). L'apprenti sorcier
initie un processus qui va lui échapper. Dans une lettre
ouverte après sa mort, il raconte ses premières expérimenta-
tions. Pas de Jupiter ni de Diane ici : l'homme cherche à provoquer lui-même sa métamorphose.*

[...] et à une heure tardive, par une nuit maudite, je
mélangeai les éléments, contemplai anxieusement
leur ébullition, tandis que leurs fumées se mêlaient
dans le vase. Enfin, rassemblant tout mon courage,
j'absorbai le breuvage.
J'entrai instantanément dans les affres les plus atroces :
mes os grinçaient, une nausée mortelle s'empara de
moi, ainsi qu'une angoisse que ne sauraient surpasser
ni celles de la naissance ni celles du trépas. Mais ces
tourments se calmèrent bientôt et je revins à moi
comme si je me remettais d'une terrible maladie.
J'éprouvais un sentiment étrange, quelque chose d'inef-
fable et de nouveau. C'était cette nouveauté, précisé-

ment, qui me le rendait si doux. Je me sentais rajeuni, léger, agile ; intérieurement, j'étais soulevé par une ivresse frémissante, un flux désordonné d'images sensuelles qui couraient, comme l'eau dans le moulin, à travers mon imagination, mêlées au sentiment que toute contrainte était abolie, ainsi qu'à une liberté prodigieuse, mais non point innocente, de l'âme. Je me sentais, au premier souffle de cette vie nouvelle, plus dépravé, dix fois plus dépravé, comme si j'avais été vendu comme esclave au Mal originel qui dormait en ma nature ; et cette idée, sur le moment, m'emplit d'énergie et d'allégresse comme un bon vin. J'ouvris les mains, exultant dans la nouveauté de ces sensations ; et c'est ainsi que je découvris que j'étais devenu plus petit. En ce temps-là, je n'avais pas de miroir dans mon bureau ; celui qui se trouve près de moi alors que je rédige ces lignes y a été apporté depuis, et précisément pour que je puisse y contempler mes métamorphoses. La nuit, cependant, cédait petit à petit devant l'approche du matin, et malgré l'obscurité, on sentait qu'elle allait bientôt donner naissance au jour. Les habitants de ma maison étaient encore prisonniers des rigueurs extrêmes du sommeil. Je décidai donc, dans l'exaltation de mes nouvelles perspectives et de mon triomphe, de me hasarder, revêtu de mon apparence nouvelle, jusqu'à ma chambre. Je traversai la cour, sous le regard émerveillé, me semblait-il, des constellations : n'étais-je pas la première créature de mon espèce que leur insomniaque vigilance leur eût jamais dévoilée ? Je me glissai par les couloirs, intrus dans ma propre demeure et, parvenu dans ma chambre, contemplai pour la première fois l'image d'Edward Hyde.

À ce point de mon exposé, je vais devoir m'exprimer en termes purement théoriques, pour dire non pas ce que je sais, mais ce qui s'était, à mon sens, probablement passé. La mauvaise part de ma nature, que j'avais désormais investie du pouvoir de façonner mon apparence, était moins robuste et moins développée que la bonne, que je venais de destituer. Autrement dit, au cours de ma vie, qui avait été, après tout, et pour les neuf dixièmes, faite d'efforts, de vertu et de discipline, cette mauvaise part avait été beaucoup moins entraînée, et beaucoup moins exploitée. Ce qui explique, selon moi, qu'Edward Hyde se soit révélé bien plus petit, chétif et jeune que Henry Jekyll. De même que le bien brillait dans l'apparence de ce dernier, le Mal était inscrit en toutes lettres et régnait sans partage sur le visage du premier. Le Mal, en outre (dans lequel je ne puis encore voir que le sceau de la mort apposé à l'homme), avait imprimé sur ce corps sa marque de difformité et de dépravation. Et pourtant, en contemplant cette affreuse idole dans le miroir, je n'éprouvais pas la moindre répulsion ; au contraire, je l'accueillis avec joie. C'était moi-même que je contemplais, là aussi. Je voyais devant moi un être qui me paraissait naturel et humain.

Henri MICHAUX (1899-1984)

« Encore des changements »
La nuit remue (1935)

(« La bibliothèque Gallimard »)

En proie à d'intenses souffrances physiques, le poète Henri Michaux perd la sensation des limites de son corps et s'identifie à une multitude de choses. Il devient tout et son contraire. Il ne s'agit pas ici de transformations externes, comme chez Ovide, mais intérieures : « J'écris pour me parcourir. Peindre, composer, écrire : me parcourir. Là est l'aventure d'être en vie », disait le poète de la métamorphose permanente. « Métamorphose ! Métamorphose, qui engloutit et refait des métamorphoses. »

À force de souffrir, je perdis les limites de mon corps et me démesurai irrésistiblement.

Je fus toutes choses : des fourmis surtout, interminablement à la file, laborieuses et toutefois hésitantes. C'était un mouvement fou. Il me fallait toute mon attention. Je m'aperçus bientôt que non seulement j'étais les fourmis, mais aussi leur chemin. Car de friable et poussiéreux qu'il était, il devint dur et ma souffrance était atroce. Je m'attendais à chaque instant qu'il éclatât et fût projeté dans l'espace. Mais il tint bon.

Je me reposai comme je pouvais sur une autre partie de moi, plus douce. C'était une forêt et le vent l'agitait doucement. Mais vint une tempête, et les racines pour résister au vent qui augmentait me forèrent, ce n'est rien, mais me crochetèrent si profondément que c'était pire que la mort.

Une chute subite de terrain fit qu'une plage entra en moi, c'était une plage de galets. Ça se mit à ruminer dans mon intérieur et ça appelait la mer, la mer.

Souvent, je devenais boa et, quoique un peu gêné par l'allongement, je me préparais à dormir ou bien j'étais bison et je me préparais à brouter, mais bientôt d'une épaule me venait un typhon, les barques étaient projetées en l'air, les steamers se demandaient s'ils arriveraient au port, l'on n'entendait que des S.O.S.

Je regrettais de n'être plus boa ou bison. Peu après il fallait me rétrécir jusqu'à tenir dans une soucoupe. C'était toujours des changements brusques, tout était à refaire, et ça n'en valait pas la peine, ça n'allait durer que quelques instants et pourtant il fallait bien s'adapter, et toujours ces changements brusques. Ce n'est pas un si grand mal de passer de rhomboèdre à pyramide tronquée, mais c'est un grand mal de passer de pyramide tronquée à baleine ; il faut tout de suite savoir plonger, respirer et puis l'eau est froide, et puis se trouver face à face avec les harponneurs, mais moi, dès que je voyais l'homme, je m'enfuyais. Mais il arrivait que subitement je fusse changé en harponneur, alors j'avais un chemin d'autant plus grand à parcourir. J'arrivais enfin à rattraper la baleine, je lançais vivement un harpon par l'avant, bien aiguisé et solide (après avoir fait amarrer et vérifier le câble), le harpon partait, entrait profondément dans la chair, faisant une blessure énorme. Je m'apercevais alors que j'étais la baleine, je l'étais redevenue, c'était une nouvelle occasion de souffrir, et moi je ne peux me faire à la souffrance.

Après une course folle, je perdais la vie, ensuite je redevenais bateau, et quand c'est moi le bateau, vous pouvez m'en croire, je fais eau de toutes parts, et quand ça va tout à fait mal, alors c'est sûr, je deviens capitaine, j'essaie de montrer une attitude de sang-froid, mais je suis désespéré, et si l'on arrive malgré tout à nous sauver, alors je me change en câble et le câble se rompt et si une chaloupe est fracassée, justement j'en étais toutes les planches, je coulais et devenu échinoderme ça ne durait pas plus d'une seconde, car, désemparé au milieu d'ennemis dont je ne savais rien, ils m'avaient tout de suite, me mangeaient tout vivant, avec ces yeux blancs et féroces qu'on ne trouve que sous l'eau, sous l'eau salée de l'océan qui avive toutes les blessures. Ah ! qui me laissera tranquille quelque temps ? Mais non, si je ne bouge pas, je pourris sur place, et si je bouge c'est pour aller sous les coups de mes ennemis. Je n'ose faire un mouvement. Je me disloque aussitôt pour faire partie d'un ensemble baroque, avec un vice d'équilibre qui ne se révèle que trop tôt et trop clairement.

Si je me changeais toujours en animal, à la rigueur on finirait par s'en accommoder, puisque c'est toujours plus ou moins le même comportement, le même principe d'action et de réaction, mais je suis encore des choses (et des choses encore ça irait), mais je suis des ensembles tellement factices et de l'impalpable. Quelle histoire quand je suis changé en éclair ! C'est là qu'il faut faire vite, moi qui traîne toujours et ne sais prendre une décision.

Ah ! si je pouvais mourir une fois pour toutes. Mais non, on me trouve toujours bon pour une nouvelle vie et pourtant je n'y fais que des gaffes et la mène promptement à sa perte.

N'empêche, on m'en donne aussitôt une autre où ma prodigieuse incapacité se montrera à nouveau avec évidence.

[...]

Et toujours et sans cesse.

Il y a tant d'animaux, tant de plantes, tant de minéraux. Et j'ai déjà été de tout et tant de fois. Mais les expériences ne me servent pas. Pour la trente-deuxième fois redevenant chlorydrate d'ammonium, j'ai encore tendance à me comporter comme de l'arsenic et, redevenu chien, mes façons d'oiseau de nuit percent toujours. Rarement, je vois quelque chose sans éprouver ce sentiment si spécial… *Ah oui, j'ai été ÇA…* je ne me souviens pas exactement, je sens. (C'est pourquoi j'aime tellement les Encyclopédies illustrées. Je feuillette, je feuillette et j'éprouve souvent des satisfactions, car il y a là la photographie de plusieurs êtres que je n'ai pas encore été. Ça me repose, c'est délicieux, je me dis : « J'aurais pu être ça aussi, et ça, et cela m'a été épargné. » J'ai un soupir de soulagement. Oh ! le repos !)

Salman RUSHDIE (né en 1947)

Haroun et la mer des histoires (1990)

(trad. J.-M. Desbuis, Plon, repris en « Folio »)

Dans ce conte dédié à son fils, Salman Rushdie suit les tribulations du jeune Haroun. Son père est un conteur professionnel, capable d'improviser de fabuleuses histoires. Mais un jour son inspiration se tarit et il sombre dans le désespoir. Haroun part à la recherche de cette inspiration. Un Génie de l'Eau à barbe bleue, nommé « Ssi », accepte de l'aider et l'emmène vers un lieu magique, l'Océan des Courants d'Histoires, une immense réserve liquide où sont conservées toutes les histoires possibles. Salman Rushdie, à la suite d'Ovide, montre sous une forme imagée que le propre des histoires est de se combiner et de se recréer sans cesse. Toute histoire est la métamorphose d'autres histoires.

Et Ssi, le Génie de l'Eau, parla à Haroun de l'Océan des Courants d'Histoires, et même s'il se sentait rempli d'un sentiment d'échec et de désespoir, la magie de l'Océan commença à avoir un effet sur Haroun. Il regarda dans l'eau et vit qu'elle était composée de mille et mille et mille et un courants différents, chacun d'une couleur particulière, et qu'ils s'entrelaçaient les uns aux autres comme une tapisserie liquide d'une complexité époustouflante ; et Ssi expliqua qu'il s'agissait des Courants d'Histoires, que chaque fil de couleur représentait et contenait un conte unique. Différentes parties de l'Océan contenaient différentes sortes d'histoires et, comme on pouvait trouver là toutes les histoires qui avaient déjà été racontées et bien d'autres qu'on était encore en train d'inventer, l'Océan des Courants d'Histoires était en fait la plus grande bibliothèque de l'univers. Et parce que les histoires étaient conservées ici sous forme liquide, elles gardaient la possibilité de changer, de devenir de nouvelles versions d'elles-mêmes, de se joindre à d'autres histoires pour devenir encore de nouvelles histoires ; aussi, contrairement à une bibliothèque de livres, l'Océan des Courants d'Histoires ressemblait plus à une réserve de récits. Il n'était pas mort mais vivant.

« Et si tu es très, très prudent, ou très, très habile, tu peux plonger une tasse dans l'Océan », dit Ssi à Haroun, « comme ça », et il sortit une petite tasse d'or d'une autre poche de son gilet, « et tu peux la remplir de l'eau venant d'un courant unique et pur d'histoire, comme ça », et c'est ce qu'il fit exactement, « et tu peux l'offrir à un jeune garçon qui a le cafard afin que la magie de l'histoire lui remonte le moral. Vas-y ; cul sec, bois un bon coup, fais-toi plaisir, conclut Ssi. Rien de tel pour se sentir en pleine forme. »

Sans dire un mot, Haroun prit la tasse et but.

Groupement d'images

Représenter la métamorphose, le mythe de Daphné

COMMENT REPRÉSENTER une métamorphose, état par définition transitoire et instable ? Le cinéma peut accompagner le changement. L'écriture a aussi l'avantage de se déployer dans le temps. Mais la peinture et la sculpture ? Représentent-elles le résultat de la métamorphose ? Une succession d'étapes distinctes ? Un état intermédiaire et hybride ?

Ovide incite les artistes à relever le défi. Ses descriptions de métamorphoses sont souvent pleines de notations visuelles, comme s'il décrivait des tableaux. Il décrit d'ailleurs plusieurs œuvres d'art dans *Les Métamorphoses*, telles les portes en argent du palais du Soleil. Ce type de description, qu'on appelle une *ekphrasis*, était un exercice littéraire prisé dans l'Antiquité. La poésie et les arts visuels dialoguent sans cesse chez Ovide. Son poème inclut plusieurs figures d'artistes car ils sont des maîtres de la métamorphose, capables comme les dieux de transmuter la matière. La musique d'Orphée émeut les morts et les arbres. La sculpture en marbre de Pygmalion devient vivante. Inversement, Ovide compare les pierres qui se transforment en êtres humains après le déluge à des statues qui prennent forme.

Le mythe de Daphné, dont l'iconographie abonde

de l'Antiquité à nos jours, permet d'observer comment les mots des *Métamorphoses* ont été mis en images. Chez Ovide, le mythe de la métamorphose de Daphné explique l'origine du laurier (*daphnê* en grec), mais il a été interprété de multiples manières au fil des siècles. En voici cinq exemples du Moyen Âge à nos jours.

1.

Maître de l'Épître d'Othéa, *Apollon et Daphné* (vers 1407)

1. *Une enluminure raffinée*

Christine de Pisan (1363-vers 1430), la première femme de lettres en France à vivre de sa plume, composa *L'Épître d'Othéa* vers 1400. Othéa, déesse de la Prudence, y guide un jeune prince en lui racontant des mythes anciens. Cet ouvrage connut un grand succès. La miniature d'*Apollon et Daphné* provient d'un manuscrit enluminé de l'œuvre, conservé à la Bibliothèque nationale de France. Il fut exécuté pour Louis d'Orléans, fils du roi Charles V, mais le duc fut assassiné en 1407, avant qu'il soit achevé ; son oncle, Jean de Berry, grand mécène et collectionneur d'art, en fit l'acquisition. La beauté des couleurs et l'originalité des miniatures indiquent le haut rang du destinataire. Christine de Pisan supervisa elle-même la réalisation complète du manuscrit, le travail du copiste et celui du miniaturiste.

2. *Des personnages statiques*

On remarque d'emblée que l'image n'évoque pas la poursuite effrénée racontée par Ovide, une partie du mythe pourtant souvent représentée. Apollon et Daphné sont debout, les jambes immobiles, les pieds posés sur le sol. Apollon est élégamment vêtu, à la mode italienne. De petits rayons dorés émanant de sa coiffe rappellent que Phébus est une divinité solaire. Il est occupé à cueillir des feuilles de laurier. Ovide explique, à la fin de son récit, que par amour pour Daphné le dieu fit du laurier son arbre sacré, celui dont on couronne les poètes et les vainqueurs. On pourrait donc penser que l'image représente la fin du mythe, une fois que la métamorphose en laurier a eu lieu.

3. *Moitié moitié*

L'apparence de Daphné contredit cette impression. Elle est à la fois femme et arbre. Le miniaturiste a donc bien représenté la métamorphose, à défaut de la poursuite. Mais Daphné est simplement coupée en deux. Végétale en haut ; humaine en bas. Tout au plus la transition est-elle signalée par une zone moins nette à la taille, où le blanc se mêle au vert. Le haut du corps ne révèle aucune trace des cheveux, seins, bras et tête en cours de métamorphose mentionnés par Ovide. Ils ont déjà disparu. La métamorphose est représentée par la juxtaposition de deux états, l'avant (le corps humain) et l'après (le feuillage), et non par le passage de l'un à l'autre.

4. *Pourquoi ces gestes ?*

Puisque la métamorphose est représentée, pourquoi la poursuite amoureuse, qui en est la cause, est-elle absente, alors qu'elle est dans le texte ? On sait que l'auteure était très attentive à la représentation des femmes. Dans les miniatures de ses manuscrits, elle refuse que soient montrés des corps féminins agressés, même si le sujet s'y prête. Sa source textuelle est *L'Ovide moralisé*, une réécriture en ancien français des *Métamorphoses*, composée au XIVe siècle et très lue au Moyen Âge. Comme Ovide, l'auteur anonyme de *L'Ovide moralisé* aime les descriptions réalistes de la violence physique. Christine de Pisan les refuse. Apollon ne touche pas le corps humain de Daphné ; juste une feuille, du bout des doigts. Dans d'autres miniatures médiévales, Apollon rattrape Daphné. Ici, le dieu reste à bonne distance. Et c'est même le majestueux feuillage du laurier qui domine la composition.

5. *Pourquoi la nudité ?*

Si la dimension sexuelle est absente de la miniature, pourquoi la nymphe est-elle représentée sans vêtements, alors qu'elle est vêtue chez Ovide ? Elle apparaît souvent nue dans l'Antiquité, dans des fresques de Pompéi par exemple, où Apollon la poursuit. Au Moyen Âge, elle est habituellement vêtue. Ici, le vert du feuillage met en valeur la blancheur des jambes et du bas-ventre. Faut-il y voir un signe de sa pureté ? Le Moyen Âge chrétien essaie d'interpréter les textes antiques selon une logique chrétienne. Comme *L'Ovide moralisé*, Christine de Pisan propose plusieurs interprétations du mythe.

Elle lit dans les efforts d'Apollon pour atteindre Daphné une image de la persévérance nécessaire pour obtenir une couronne de laurier, c'est-à-dire la récompense ultime, le Paradis. Elle célèbre aussi Daphné pour sa chasteté car elle se refuse au dieu. On remarque que, tout nu qu'il soit, son corps est dépourvu des signes habituels de la féminité. Les seins (mentionnés par Ovide) et le sexe de la nymphe sont invisibles. C'est un moyen supplémentaire de désexualiser la scène.

6. *Métamorphose et mandragore*

On comprend mieux certains choix. Mais pourquoi avoir limité la part humaine au bas de la figure ? La plupart des artistes représentent au moins la tête et les bras de Daphné, gagnés par le feuillage. Or ici, Daphné n'a ni bras ni tête, seulement des jambes. Au Moyen Âge, la nudité dans une image n'est pas toujours un signe d'innocence ou à l'inverse d'érotisme. Elle permet aussi de représenter des créatures fantastiques, étrangères à la vie sociale et donc aux codes vestimentaires. En devenant arbre, Daphné entre dans cette catégorie. L'historien d'art Wolfgang Stechow a montré que cette image de Daphné se fondait sur celle d'une plante à laquelle on prêtait des pouvoirs magiques au Moyen Âge : la mandragore. Sa partie aérienne se présente comme un bouquet de feuilles mais sa racine a souvent une forme anthropomorphe, se divisant en deux telle une paire de jambes sur un bassin. L'image de la nymphe métamorphosée en arbre s'inspire donc de celle d'une plante à figure humaine.

2.

Giovanni Battista Palumba,
Apollon et Daphné (vers 1510)

1. *En chasse*

Une gravure sur bois de la Renaissance, exécutée dans le nord de l'Italie au début du XVIe siècle, révèle de tout autres préoccupations que l'enluminure médiévale. On a ici affaire à une scène de chasse. Le chasseur, Apollon, poursuit sa proie, Daphné. Ovide compare lui-même leur course à celle d'un lévrier sur les traces d'un lièvre, et file la métaphore cynégétique. Comme sa sœur jumelle Diane, la déesse de la chasse, Apollon est muni d'un carquois et de flèches. Le dieu, qui avait débarrassé la terre du serpent Python grâce à elles, est parfois représenté en archer infaillible. Ici, il a laissé tomber son arc pour saisir Daphné qu'il vient de rattraper. L'arc et les flèches rappellent l'ironie de la scène : Apollon le chasseur a été transpercé par les flèches de Cupidon, le dieu de l'Amour. Le chasseur a lui-même été chassé.

2. *Le retour à l'antique*

Comparée à l'enluminure médiévale, la gravure, désormais attribuée à Giovanni Palumba (anciennement Maître I.B. à l'Oiseau), se distingue par sa lecture plus littérale des *Métamorphoses*, la « Bible des peintres » pendant la Renaissance italienne. On retrouve la course-poursuite, la nature, la proximité d'Apollon, la transformation végétale qui commence par les extrémités et les

seins de Daphné. L'artiste n'a pas vêtu les personnages
à la mode de son époque. La nudité et le drapé d'Apollon sont ici le signe qu'il s'agit d'une fable de l'Antiquité.
Les études antiques se développent à la Renaissance.
Peintres et sculpteurs trouvent dans la mythologie un
répertoire infini de sujets. Le texte d'Ovide est devenu
plus accessible : *Les Métamorphoses* ont été traduites en
plusieurs langues européennes aux XIVe et XVe siècles,
et l'invention de l'imprimerie à caractères mobiles par
Gutenberg, en Allemagne, vers 1440, a augmenté la circulation du poète latin. Entre 1471 — date de la première édition imprimée d'Ovide (à Bologne) — et 1500,
pas moins de cent-vingt-deux éditions d'Ovide sont
imprimées en Europe, tandis que les traités sur la mythologie se multiplient.

3. *Gravure et peinture*

Outre le texte imprimé, les histoires d'Ovide circulent grâce à la gravure, qui s'est développée au XVe siècle
avec l'essor du papier. Elle permet de diffuser des images bon marché et fournit des modèles aux artistes.
Cette gravure d'*Apollon et Daphné* dérive d'autres sur le
même thème, réalisées à la fin du XVe siècle, où le paysage joue un rôle important. On remarque d'emblée
le traitement détaillé de celui-ci. L'auteur de cette
image, dont l'identité est mal connue, travaillait dans
le nord de l'Italie. C'est au tournant des XVe et XVIe siècles que la peinture de paysage acquit une légitimité
propre dans cette région et en Allemagne, notamment
avec le peintre allemand Albrecht Dürer. L'omnipré-
sence de la végétation prépare ici la métamorphose
végétale de Daphné. Le passage des formes humaines

aux formes végétales est habilement suggéré. Écorce et corps humain, chevelure et feuillage se ressemblent.

4. *Une scène dramatique*

La présence du soleil dardant ses rayons dans le coin supérieur droit et du plan d'eau au fond fait allusion à l'une des nombreuses lectures du mythe à la Renaissance : l'humidité de la terre (le père de Daphné est un fleuve) résiste à la chaleur (Apollon est le dieu du Soleil) et de leur confrontation naît la végétation. L'artiste souligne surtout le drame qui se joue, et le paysage y contribue. Avec son lac et son village, il est moins sauvage que celui d'Ovide (bois solitaires, ronces), mais cette paix fait d'autant plus ressortir la violence de la scène. La gravure joue sur l'opposition de la vitesse, suggérée par de nombreux détails, et de la torpeur soudaine qui a gagné Daphné. Une double ligne oblique barre la composition. Le corps d'Apollon est encore en mouvement mais celui de Daphné, lui aussi penché vers l'avant, est stoppé net. Ses jambes sont désormais prisonnières. Le visage d'Apollon, bouche ouverte, reflète sa stupeur alors qu'il croyait toucher au but. La métamorphose est ici présentée comme un événement sidérant.

3.

Gian Lorenzo Bernini, dit le Bernin, *Apollon et Daphné* (1622-1625)

1. *Sculpter l'impossible*

Lorsque le Bernin (1598-1680) entreprend *Apollon et Daphné*, en 1622, le thème est courant en peinture, mais pas en sculpture. C'est donc un défi pour le jeune sculpteur de vingt-quatre ans, à l'orée de sa carrière. Dans l'une de ses premières œuvres, il avait représenté *Saint Laurent sur le gril*, souffrant le martyre au-dessus d'un brasier. L'expression du visage du saint et le traitement des flammes avaient été vivement admirés. Les critiques et amateurs d'art des XVIᵉ et XVIIᵉ siècles aimaient débattre des mérites comparés de la sculpture et de la peinture. La sculpture était jugée plus limitée parce que le marbre ne permettait pas de rendre l'illusion du feu, de l'eau, de la transparence de l'air ou le mouvement d'une métamorphose. Le Bernin frappa les esprits avec *Apollon et Daphné* parce qu'il semblait réaliser l'impossible. Le marbre devenait soudain vivant, léger, aérien.

2. *Métamorphoser le marbre*

Dans l'histoire de Phaéton, Ovide décrit les sublimes portes du palais du dieu du Soleil, réalisées par Vulcain en argent ciselé, et conclut : « L'art surpassait la matière. » La phrase pourrait s'appliquer à l'œuvre du Bernin, car la première métamorphose qui frappe devant cette sculpture c'est bien la transmutation du marbre. Comme Ovide, le sculpteur est très attentif aux détails physiques de la métamorphose. Chaque matière est traitée spécifiquement : le sol, la peau, l'étoffe, les cheveux, l'écorce, les branchages, les feuilles. C'est un assistant expérimenté du Bernin, Giuliano Finelli, qui réalisa la chevelure de Daphné, balayée par la brise, conformément à la description d'Ovide, et qui la fondit insensiblement dans le feuillage.

3. *Sculpter le mouvement*

En plus du travail sur les textures, la pesanteur du marbre est transcendée par l'énergie qui anime les figures. De la composition générale aux moindres détails, tout exprime le mouvement. Même les petites racines sont en train de pousser. Le mouvement de la métamorphose prolonge celui de la course, alors que chez Palumba la métamorphose marquait un coup d'arrêt brutal. Cette énergie et la position en léger surplomb de Daphné projettent les figures au-delà de leur espace, dans celui du spectateur. L'art baroque préfère les dynamiques instables aux ordres statiques. On ignore si le Bernin avait lu Ovide mais il est probable que oui. Chez l'un et l'autre, « la fuite rehausse encore la beauté » de Daphné ; Apollon ne peut qu'« effleure[r] du souffle les cheveux épars sur son cou » car Daphné, pour le poète comme pour le sculpteur, incarne une beauté d'autant plus séduisante qu'elle se dérobe.

4. *Sculpter le temps*

De même que la transformation de Daphné progresse au fil des phrases d'Ovide, de même le spectateur qui tourne autour de la sculpture observe la métamorphose végétale gagner le corps de la nymphe. On a vu que le dispositif originel faisait d'abord découvrir la poursuite par l'arrière ; puis le côté droit des figures et les premiers signes de la métamorphose, les petites racines ; ensuite l'écorce fine qui entoure le corps, comme chez Ovide, et les bras devenant branches. Lorsqu'on passe du côté gauche, la métamorphose paraît soudain accélérée. L'écorce a crû et la tête de Daphné est remplacée par du feuillage. Cette vision étrange, presque monstrueuse, rappelle le goût d'Ovide pour les états hybrides. Par cette composition complexe qui se livre et se transforme progressivement, la sculpture devient aussi un art du temps.

5. *L'intensité avant toute chose*

Tout en travaillant à son *Apollon et Daphné*, le jeune Bernin réalise une autre statue : un *David*, avec lequel il se mesure au maître de la sculpture de la Renaissance, Michel-Ange. Ce dernier avait fait de son célèbre *David* un héros puissant, calme, résolu avant l'affrontement avec Goliath. Le Bernin le montre au contraire tendu, ramassé sur lui-même, sur le point de viser Goliath avec sa fronde et de laisser exploser son énergie. Car le Bernin cherche toujours à capter le moment où l'intensité émotionnelle est à son comble. On le voit dans l'*Apollon et Daphné*, où il orchestre un crescendo avec l'arc formé par le corps de Daphné, sa gestuelle et l'expression de son visage. L'intensité des sentiments représentés vise à provoquer une réaction émotionnelle forte chez le spectateur. Pas de place ici pour l'humour ovidien.

6. *Métamorphoser la tradition*

Comme Ovide, le Bernin ne métamorphose pas que Daphné. Son Apollon est inspiré de l'Apollon du Belvédère, une sculpture antique découverte à la fin du XVe siècle et exposée au palais du Belvédère, au Vatican. Cette statue était célèbre dans toute l'Europe et incarnait la perfection de l'art antique. Le Bernin la cite explicitement — son Apollon a la même coiffure et la même grâce —, mais en accélérant le mouvement. Apollon ne marche plus, il vole presque. Le sculpteur s'empare du principe de la métamorphose et le fait jouer à de multiples niveaux, comme Ovide avant lui : il transforme Daphné ; le marbre ; la tradition.

4.

Julio González, *Daphné* (1937)

1. *Une épure de Daphné*

À première vue, il est difficile d'identifier Daphné dans cette œuvre du sculpteur Julio González (1876-1942) qui fait partie d'une série de « sculptures métamorphiques » en fer de la fin des années 1930. Elle est presque abstraite, fondée sur un agencement de formes géométriques simples : des plans et des lignes. Cette œuvre, conservée au Musée national d'art moderne, est un tirage en bronze réalisé en 1966 à partir de la sculpture originale en fer forgé et soudé, exécutée par l'artiste en 1937. À la fin des années 1920, Julio González travailla dans l'atelier du sculpteur Constantin Brancusi, qui privilégiait des formes épurées, et collabora avec Pablo Picasso à la réalisation de sculptures cubistes en métal. Son œuvre devint plus abstraite. Son utilisation du fer, jusque-là réservé à l'artisanat et à l'industrie, transforma la sculpture moderne

2. *Un collage en fer*

Orfèvre de formation, Julio González avait appris la soudure dans un atelier des usines Renault à Boulogne-Billancourt. Cette maîtrise technique lui ouvrit de nouveaux horizons. Traditionnellement, pour produire une œuvre en métal, un sculpteur réalisait d'abord un modelage d'argile ou de cire, à partir duquel il créait un moule. Puis il y coulait du bronze ou de la fonte en fusion. L'approche de González est différente. Il ne modèle pas ses sculptures. Il découpe et joint par soudure des plaques et des tiges de fer. Son art s'apparente donc plus au collage des peintres cubistes qu'au modelage. *Daphné* repose ainsi sur un jeu de pleins et de vides, de lignes et de courbes, de plans et de droites, avec de subtils effets de volume difficiles à distinguer sur une photo mais qui lui donnent une réelle présence.

3. *Métamorphose ?*

Où se passe la métamorphose dans cette œuvre ? Sa matière est uniforme. La sculpture joue en revanche sur le contraste de deux types de formes : des pans, assez massifs, qui l'ancrent dans le sol, et des tiges, fines et plus aériennes. Les premiers représenteraient-ils le tronc de l'arbre et les secondes des bras encore humains ? La dichotomie ne semble pas si marquée puisque ce qui ressemble à des bras pourrait aussi bien être des branches. La métamorphose réside peut-être plus dans le regard indéterminé du spectateur qui fait osciller la figure verticale entre forme humaine et forme végétale, dans une sorte d'ambiguïté hybride.

4. *Les bras levés au ciel*

Contrairement à Palumba et au Bernin, González ne rend pas le mouvement de la poursuite. Daphné est seule, debout. La sculpture n'est pas très haute (1,42 m) mais les lignes dressées vers le ciel accentuent sa verticalité. Que signifie le geste des bras levés ? Daphné est souvent représentée ainsi. L'histoire s'y prête puisque ce geste facilite la transition des bras humains aux branches végétales. Il a une autre portée. Lever les bras au ciel est un geste qui exprime traditionnellement le désespoir et l'impuissance. On le trouve dans de très anciennes représentations. C'est le geste des pleureuses dans un décor du tombeau de Ramose à Thèbes en Égypte (XIVe siècle avant J.-C.). Dans l'art chrétien, les mises au tombeau ou les descentes de croix comprennent parfois une femme qui exprime sa douleur en levant les bras (*Mise au tombeau* de Simone Martini, conservée à Berlin, par exemple). Daphné est ici réduite à sa plus simple et pure expression par la stylisation des lignes verticales : le geste de désespoir et d'imploration, que l'on rencontre traditionnellement dans son iconographie. Le petit cercle que l'on pouvait prendre pour une microscopique tête symbolique pourrait aussi être une bouche émettant un cri.

5. *1937*

L'année de création de cette statue est importante pour en comprendre les résonances possibles. En juillet 1936, un putsch militaire a marqué le début de la guerre civile espagnole. Le fascisme monte en Europe. González sculpte à cette époque plusieurs figures avec des bras dressés. Le 26 avril 1937, l'aviation allemande bombarde, sur ordre d'Hitler, la ville de Guernica, au Pays basque espagnol, pour soutenir le général Franco. De très nombreux civils sont tués et la ville, pilonnée par des bombes incendiaires, est ravagée par les flammes. Un mois plus tard, Pablo Picasso présente à l'Exposition universelle de Paris son tableau *Guernica* qui exprime l'horreur de ce massacre. À l'extrême droite de la toile, une figure dévorée par les flammes se tient les bras dressés et la bouche ouverte dans un cri.

5.

Kate Just, *My Daphne* (2007)

1. *Ma Daphné*

Pas d'Apollon, pas de fuite ; un arbre en fleur, un bras, un petit volcan, de la laine tricotée. La Daphné de Kate Just ne ressemble à aucune autre. Et de fait, elle s'intitule *Ma Daphné*. L'adjectif possessif souligne l'intention de s'approprier l'histoire de Daphné. L'artiste américaine, née en 1974, non seulement propose sa version du mythe, mais se sert du personnage mythologique de Daphné pour réfléchir sur l'expérience de la métamorphose du point de vue de celle qui la vit.

Le dispositif concentre l'attention sur l'expérience plutôt que sur le spectacle de la métamorphose. Apollon est absent. La transformation est en cours ; elle est même presque achevée puisque seul un bras émerge du buisson. Elle a pu être provoquée par un facteur extérieur désormais hors champ. Elle comprend une dimension réflexive qui invite à se mettre à la place de Daphné : au lieu d'avoir les bras tendus vers le ciel, en signe de désespoir, comme souvent, celle-ci utilise son dernier membre intact pour tâter l'endroit où se trouvait sa tête, sentir ce qui lui arrive.

2. *Un nouveau moi*

Comment mieux comprendre ce qui se joue dans cette métamorphose ? Outre le bras, on est frappé par le buisson fleuri. Kate Just a choisi de représenter une plante en pleine floraison (un laurier-rose ?). La métamorphose semble fertile. Just ne se réfère pas à la valeur symbolique du laurier, la plante des vainqueurs. C'est plutôt sa matière, qu'on devine moelleuse, et la constellation de touches roses qui évoquent une métamorphose florissante.

La branche dénudée qui s'élève à l'emplacement du second bras nuance cette impression. Comparée au buisson, elle paraît squelettique. On dirait une branche en hiver, morte en apparence. Sa présence est singulière car le laurier est un arbre à feuillage persistant. Elle semble tout de même faire partie de la métamorphose puisqu'elle remplace le second bras de Daphné. En est-elle à un stade moins avancé de la métamorphose ? Signale-t-elle l'expérience de la perte et du dépouillement qui accompagne toute métamorphose ? Pour se muer en une forme nouvelle, il faut abandonner l'ancienne. Le bras restant cherche justement à confirmer cette disparition.

L'expérience du deuil ne domine cependant pas. Outre le buisson coloré, on remarque un petit cratère rempli de lave en ébullition, d'où jaillit une énergie venue des profondeurs. Le volcan et le buisson fleuri traduisent l'énergie à l'œuvre dans la métamorphose. Comme Ovide, Kate Just associe la métamorphose à la vie.

3. *La nature*

On ne décèle pas de signe de désespoir ni de rejet du changement dans le geste de Daphné. Il est inquisiteur mais semble accepter la métamorphose. Il n'est pas anodin que Kate Just ait choisi un bras et une main comme derniers vestiges de l'ancienne Daphné, alors que chez beaucoup d'artistes ce sont les premières parties de son corps à être métamorphosées : Daphné reste active et prend littéralement les choses en main, même si elle subit sa transformation. Le buisson, le volcan et l'herbe, sur le sol, mettent en valeur le rôle de la nature dans cette métamorphose. Daphné se fond dans la nature. En se métamorphosant, elle échappe aux limites de son corps et entre dans le cycle de renouveau du monde végétal.

4. *Matière à réflexion*

Le renversement de perspective opéré par Kate Just ne se limite pas à faire voir la métamorphose du point de vue de Daphné. La fabrication de l'œuvre elle-même

contribue au renversement. Il s'agit d'une statue tricotée ; ni en bronze ni même en fer, donc, mais presque
uniquement en laine. L'artiste a choisi une matière
(la laine) et des techniques (tricot à la main et à la
machine, et tapis crocheté) traditionnellement asso-
ciées à l'artisanat féminin et exclues de l'histoire de
l'art conventionnelle. La mythologie, chez Homère et
Ovide notamment, lie les femmes à l'art du tissage,
avec des figures comme Pénélope, Arachné ou Philo-
mèle. Kate Just réactive ces associations, dans une œuvre
qui refuse, comme l'avait fait Christine de Pisan dans un
autre contexte, de montrer la métamorphose comme
la transformation passive d'un corps féminin.

Pour aller plus loin

Yves GIRAUD, *La Fable de Daphné, Essai sur un type de métamorphose végétale dans la littérature et dans les arts jusqu'à
la fin du XVIIᵉ siècle*, Droz, 1968.

Site Internet www.iconos.it de l'université romaine La
Sapienza. Riche base d'images sur *Les Métamorphoses*
d'Ovide.

Chronologie

Ovide et son temps

1.

La jeunesse, la poésie

Ovide, le plus romain des poètes latins, est né à la campagne, à Sulmo (actuelle Sulmona), une petite ville italienne de la région des Abruzzes, dominée par la chaîne des Apennins, à cent cinquante kilomètres à l'est de Rome. Son nom latin était Publius Ovidius Naso (Publius Ovidius Gros-Nez, un surnom donné sans doute à l'un de ses ancêtres). Une tombe d'un membre de sa famille retrouvée dans sa région natale porte le nom de Lucius Ovidius Ventrio (Lucius Ovidius Gros-Ventre). Cette région est assez enclavée, entourée de montagnes, très boisée et parcourue de rivières.

Une grande partie de ce que nous savons de la vie d'Ovide provient de ses propres textes. À l'orée de sa carrière, dans son premier livre, *Les Amours*, il évoque sa ville natale en soulignant que sa taille modeste contraste avec la renommée qu'il va lui apporter :

> Mantoue est fière de Virgile, et Vérone de Catulle ;
> on m'appellera, moi, l'honneur du peuple pélignien,

qui, vengeur de sa liberté, s'était armé pour une noble cause, alors que Rome inquiète trembla devant des armées conjurées. Un jour, en voyant la marécageuse Sulmone resserrée dans une étroite enceinte de murailles, le voyageur s'écriera : « Ville qui as pu produire un tel poète, si petite que tu sois, je te proclame grande. »

Les habitants de cette région s'appelaient les Péligniens. Ils avaient été à la pointe du combat des habitants de l'Italie contre les privilèges des citoyens romains et s'étaient même choisi une nouvelle capitale, à une dizaine de kilomètres de Sulmo, pour s'affranchir des ordres de Rome. Leur révolte échoua, mais les Italiens obtinrent à la suite de ces combats, vers 90 avant notre ère, la pleine citoyenneté. De nombreux poètes de l'époque augustéenne viennent non de Rome, mais d'autres régions d'Italie. Virgile est né dans un village près de Mantoue, et préfère à Rome le sud de l'Italie, où l'influence grecque est plus marquée. Horace vit enfant dans le Sud avant de déménager à Rome. Properce est né en Ombrie, près d'Assise. L'origine géographique et sociale des poètes se diversifie à cette époque de mobilité croissante, après les guerres civiles.

Ovide aime évoquer la simplicité et la rusticité du peuple pélignien mais il descend d'une famille de notables, chevaliers depuis plusieurs générations. La famille est assez riche pour envoyer Ovide et son frère aîné suivre une éducation soignée à Rome dès l'adolescence, et voyager en Grèce ensuite. Tandis que son frère se consacre à l'art oratoire, Ovide est attiré par la poésie. Dans son recueil *Les Tristes*, écrit au début de son exil, il raconte que son père essaya de le dissuader d'embrasser la carrière poétique :

> Mon père me disait souvent : « Pourquoi t'ouvrir une
> carrière stérile ? Homère lui-même est mort dans
> l'indigence. » Docile à ses conseils, je désertais l'Héli-
> con, et je m'efforçais d'écrire en prose, mais les mots
> venaient d'eux-mêmes se plier à la mesure, et tout ce
> que j'écrivais était des vers.

À dix-neuf ans, Ovide perd son frère, d'un an son
aîné. Il obéit aux vœux de son père en suivant un temps
la carrière qui convient à son rang et gravit quelques
échelons des magistratures publiques. Mais l'appel de la
poésie est trop fort.

44 av. J.-C. Jules César est assassiné, un mois après avoir
été nommé « dictateur à vie ». Lutte pour sa
succession.

43 av. J.-C. Naissance d'Ovide. Assassinat de Cicéron.

40 av. J.-C. Le monde romain est divisé en trois : Octave
(le futur Auguste), petit-neveu et fils adoptif
de César, est en charge de l'Occident ; Marc
Antoine de l'Orient et Lépide de l'Afrique.

31-30 av. J.-C. Octave devient le seul maître du monde
romain en remportant la bataille navale d'Ac-
tium. Marc Antoine et Cléopâtre se suicident.
L'Égypte devient une province romaine.

31 av. J.-C. Vitruve publie son traité *De l'architecture*.

29 av. J.-C. Virgile publie *Les Géorgiques*.

28-27 av. J.-C. Octave reçoit du Sénat les titres de *Prin-
ceps* puis d'*Imperator* et d'*Augustus*. Fin de la
République et début de l'Empire.

2.

L'amour, la poésie

Au moment où le jeune Ovide embrasse la poésie, Virgile est en train de composer *L'Énéide*, Horace travaille aux *Odes*. Tibulle et Properce écrivent des poèmes d'amour. La poésie fleurit dans la Rome de la fin du Ier siècle avant notre ère. C'est aussi un art respecté, qui est moins inapproprié pour un chevalier romain. La politique, à l'inverse, offre des horizons plus limités que sous la République. Ovide publie son premier recueil alors qu'il a une vingtaine d'années. Son titre, *Les Amours*, reflète le sujet favori du poète, du moins dans la première partie de sa carrière. L'accueil est enthousiaste. L'amour est à la mode chez les poètes qui, libérés des guerres civiles, s'intéressent plus aux conquêtes amoureuses qu'aux conquêtes militaires. Ovide se distingue par son ton ludique, qui évite la mélancolie et le pathos.

Son originalité se confirme dans *Les Héroïdes*, une série de lettres imaginaires adressées par des héroïnes de la mythologie grecque à leur mari ou amant. Par exemple, Pénélope écrit à Ulysse pour se plaindre de la lenteur de son retour :

> Ta Pénélope t'envoie cette lettre, Ulysse qui tarde trop. Ne me réponds rien, mais viens toi-même. Elle est certainement tombée, cette Troie, odieuse aux filles de la Grèce. Priam et Troie tout entière valent à peine tout ce qu'ils me coûtent.

Didon écrit à Énée qui vient de l'abandonner à Carthage et de mettre les voiles pour l'Italie. Médée et Ariane respectivement à Jason et à Thésée. Chaque lettre est assez brève mais évoque toute une gamme de sentiments et explore sous un angle inédit les relations entre les hommes et les femmes.

Vers l'an 1, Ovide publie *L'Art d'aimer*, un manuel de séduction qui rencontre un grand succès. Les conseils des deux premiers livres s'adressent aux jeunes gens :

> Aime la propreté ; ne crains pas de hâler ton teint aux exercices du champ de Mars. Que tes vêtements, bien faits, soient exempts de taches. Ne laisse point d'aspérités sur ta langue, point de tartre sur l'émail de tes dents. Que ton pied ne nage pas dans une chaussure trop large. Que tes cheveux, mal taillés, ne se hérissent pas sur ta tête ; mais qu'une main savante coupe et ta chevelure et ta barbe. Que tes ongles soient toujours nets et polis ; que l'on ne voie aucun poil sortir de tes narines ; surtout que ton haleine n'infecte pas l'air autour de toi, et prends garde de blesser l'odorat par cette odeur fétide qu'exhale le mâle de la chèvre.

Ceux du troisième aux jeunes filles :

> Qui pourrait le croire ? les belles apprennent aussi à rire, et cet art leur donne un charme de plus. N'ouvrez que peu la bouche ; que sur vos deux joues se creusent deux petites fossettes, et que la lèvre d'en bas couvre l'extrémité des dents supérieures. Évitez un rire excessif et trop fréquent ; qu'au contraire, votre rire ait je ne sais quoi de doux et de féminin qu'on ait du plaisir à entendre. Il est des femmes qui ne peuvent rire sans se tordre hideusement la bouche ; d'autres veulent témoigner leur joie, et vous diriez qu'elles pleurent ; d'autres enfin choquent l'oreille par des sons rauques et désagréables ; on croirait entendre braire une ânesse qui tourne la meule.

Une fois encore, Ovide innove. Il détourne le genre sérieux du traité technique — traité de chasse ou de pêche, par exemple — pour l'adapter au domaine amoureux. Et pour répondre à *L'Art d'aimer*, il publie ensuite *Les Remèdes à l'amour*, où le docteur Ovide explique aux malades de l'amour comment en guérir.

---

19 av. J.-C. Mort de Virgile. Auguste ordonne de ne pas respecter les volontés du poète qui avait demandé qu'on brûle le manuscrit de *L'Énéide*, qu'il n'avait pas fini de réviser.

12 av. J.-C. Mort d'Agrippa, qui avait transformé l'urbanisme de Rome.

8 av. J.-C. Le Sénat décide que le sixième mois de l'année, *Sextilis*, s'appellera désormais *Augustus* (d'où vient notre mois d'août), en l'honneur de l'empereur (l'année romaine commençait en mars). Mort de Mécène.

7 av. J.-C. Auguste divise Rome en 14 arrondissements. La ville compte environ un million d'habitants.

Entre 7 et 5 av. J.-C. Naissance de Jésus de Nazareth.

1 apr. J.-C. Ovide publie *L'Art d'aimer*. Il commence à rédiger *Les Métamorphoses*.

3.

L'exil, la poésie

Ovide veut ensuite se tourner vers des genres plus nobles. Il avait écrit une tragédie sur Médée, célèbre en son temps mais qui a été perdue. Il entreprend alors la composition de deux poèmes d'un genre inédit, *Les Métamorphoses*, un recueil de mythes étranges allant de la création du monde à la mort de Jules César, et *Les Fastes*, un poème sur les principales fêtes religieuses du calendrier romain. En l'an 8, alors que ces deux œuvres ne sont pas achevées mais qu'elles circulent déjà, Ovide est banni de Rome pour le restant de sa vie. Il a cinquante ans. Malgré ses appels à la clémence, l'empereur Auguste et son successeur, Tibère, refuseront de le laisser rentrer à Rome. Techniquement, il n'est pas condamné à l'exil proprement dit mais à la « relégation », ce qui signifie qu'il ne perd ni sa fortune ni ses droits. Il doit malgré tout quitter Rome pour Tomes au bord du Pont-Euxin (l'actuelle Constanza, en Roumanie, près de la mer Noire), tandis que sa femme reste à Rome.

On ne sait pas exactement pourquoi Ovide fut banni. Il cite son poème *L'Art d'aimer*, qui aurait déplu à Auguste. L'empereur voulait moraliser la société romaine, revenir aux valeurs anciennes, promouvoir le mariage, la fidélité et la famille. Les poèmes d'Ovide et sa liberté de ton n'entraient pas dans ce cadre. Mais il semble surtout qu'Ovide ait été témoin d'un scandale dans l'entourage ou la famille d'Auguste, en tout cas de quelque chose qu'il n'aurait pas dû voir, comme Actéon surprenant Diane au bain, auquel il se compare. Il affirme que son erreur n'était pas un crime, mais une simple indiscrétion, sans jamais s'expliquer davantage.

En exil, Ovide compose deux recueils de lettres, *Les Tristes* et *Les Pontiques*, certaines sans destinataire, d'autres adressées à des personnes précises. Le poète, habitué à la vie raffinée de Rome, se lamente sur sa situation :

> Moi, dont la vie s'était jusqu'alors écoulée tranquille et sans fatigue, au sein de l'étude, dans la société des Muses, maintenant, éloigné de ma patrie, j'entends retentir autour de moi les armes des Gètes, après avoir préalablement souffert mille maux sur terre et sur mer. Je suis même ici un barbare, puisque personne ne me comprend, et que les mots latins sont la risée des Gètes stupides. Souvent, en ma présence, ils disent impunément du mal de moi.

Il regrette que sa carrière de poète soit derrière lui et que son latin se corrompe au contact des habitants de cette région reculée :

> Souvent, (je l'avoue à ma honte), je cherche péniblement à dire quelque chose, et les expressions me manquent, et j'ai oublié ma langue. Je suis assourdi par le jargon thrace ou scythe, et il me semble déjà que je pourrais écrire en gétique. Je crains même sérieusement qu'il ne s'en soit glissé quelque peu dans mon latin.

L'exil est douloureux et Ovide noircit le tableau pour apitoyer ceux qui pourraient intervenir en sa faveur. Malgré cela, il écrit, avec ses lettres d'exil, des œuvres qui sont une nouvelle fois originales et créent une figure littéraire promise à une longue postérité, celle du poète en exil.

Malgré son absence de Rome, le succès d'Ovide ne se dément pas. Le nombre de graffitis retrouvés à Pompéi qui citent ses vers ou s'adressent à lui témoigne de sa renommée. En voici deux exemples :

> L'amour rappelle l'armée ! désertez, les peureux !
> Ovide, salut à toi ! tu es mort à Tomes, bonne chance !

Ovide meurt en 17 sans avoir revu Rome. Sa fortune littéraire ne fait que commencer.

---

8 Ovide est banni à Tomes, au bord de la mer Noire. Julie, la petite-fille d'Auguste, est condamnée à s'exiler la même année.

14 Mort de l'empereur Auguste à 77 ans. Tibère lui succède.

17 Mort d'Ovide à Tomes, où il est enterré.

Éléments pour une fiche de lecture

Regarder la sculpture

- Décrivez la scène reproduite par la sculpture du Bernin. À quel moment de l'histoire racontée par Ovide correspond-elle ?
- Quels sentiments peut-on lire sur les visages des deux personnages ?
- Comment le sculpteur encourage-t-il l'imagination du spectateur ?

Vocabulaire

- Les noms de plusieurs personnages des *Métamorphoses* sont devenus des noms communs en français. Cherchez la définition de pygmalion, narcisse, écho, dédale, pactole, et expliquez le lien avec les histoires dans lesquelles ils apparaissent.
- Recherchez des synonymes du nom « métamorphose » et du verbe « métamorphoser ».
- Écho et Daphné sont des nymphes. Recherchez le sens de ce mot.
- Europe est une princesse de Tyr, en Phénicie. Où se trouve cette ville ? La princesse, enlevée par Jupiter

et emmenée en Crète, a donné son nom au continent européen. Quelle est l'origine des noms des autres continents ?

• Voici le début des *Métamorphoses* en latin : « *In nova fert animus mutatas dicere formas corpora.* » Comprenez-vous ou devinez-vous certains mots ? Lesquels de ces mots latins ressemblent à des mots français ?

Métamorphoses

• Les métamorphoses racontées par Ovide touchent l'univers tout entier. Dans un tableau dont voici le modèle, faites la liste des métamorphoses végétales ; animales ; qui touchent les dieux ; les hommes. Vous soulignerez les métamorphoses qui sont des punitions.

… végétales	… animales	… qui touchent les dieux	… qui touchent les hommes

• Dans quelles histoires l'amour est-il à l'origine de la métamorphose ?
• Lorsque Lycaon se métamorphose en loup, il change de forme mais en un sens reste lui-même. Montrez en quoi.
• Qu'est-ce qu'un loup-garou ?
• Analysez les étapes de la métamorphose d'Actéon.

Personnages

• Quels dieux et déesses avez-vous rencontrés dans ces textes extraits des *Métamorphoses* ?

- Faites un tableau où vous associez chaque divinité à sa fonction et indiquez aussi son nom dans la mythologie grecque.

Dieu romain	Fonction	Dieu grec

- Les dieux d'Ovide ressemblent beaucoup aux hommes. Montrez pourquoi.
- Pourquoi Phaéton veut-il conduire le char de son père, Phébus Apollon, le dieu du Soleil ? Pourquoi Apollon finit-il par accepter malgré les risques ?
- Quel est le point commun entre Icare et Phaéton ?
- À qui Narcisse s'adresse-t-il lorsqu'il est près de la source limpide ?
- Comment Philémon et Baucis comprennent-ils que leurs visiteurs sont des dieux ?

Recherche

- Recherchez des représentations de Phaéton ; Europe ; Actéon ; Icare.
- Recherchez d'autres images de la métamorphose de Daphné et comparez-les à celles proposées ici.
- Connaissez-vous des exemples de métamorphoses naturelles ?
- Connaissez-vous des exemples de métamorphoses magiques ?
- Avez-vous vu des métamorphoses au cinéma ou à la télévision ?
- Lisez les descriptions du Déluge dans la Bible (La Bible, « Folioplus classiques » n° 49) et dans l'épopée

de Gilgamesh (*Gilgamesh et Hercule*, « Folioplus classiques » n° 217) et comparez-les à celle d'Ovide.

Écriture

- La sculpture tricotée de Kate Just présente la métamorphose de Daphné du point de vue de la nymphe. À votre tour, racontez une métamorphose à la première personne, comme si vous étiez Daphné, Lycaon ou Actéon.

- Une poète britannique contemporaine (Carol Ann Duffy) a écrit un poème intitulé « Madame Midas » où elle se met à la place de la femme de Midas lorsque celui-ci rentre chez lui et que tout ce qu'il touche devient de l'or. Imaginez à votre tour votre réaction si vous étiez Mme Midas.

Collège

Alfred de MUSSET, *Fantasio* (182)

George ORWELL, *La Ferme des animaux* (94)

Amos OZ, *Soudain dans la forêt profonde* (196)

Louis PERGAUD, *La Guerre des boutons* (65)

Charles PERRAULT, *Contes de ma Mère l'Oye* (9)

Edgar Allan POE, *6 nouvelles fantastiques* (164)

Jacques PRÉVERT, *Paroles* (29)

Jules RENARD, *Poil de Carotte* (66)

Antoine de SAINT-EXUPÉRY, *Vol de nuit* (114)

Mary SHELLEY, *Frankenstein ou le Prométhée moderne* (145)

John STEINBECK, *Des souris et des hommes* (47)

Robert Louis STEVENSON, *L'Étrange Cas du docteur Jekyll et de M. Hyde* (53)

Jean TARDIEU, *9 courtes pièces* (156)

Michel TOURNIER, *Vendredi ou La Vie sauvage* (44)

Fred UHLMAN, *L'Ami retrouvé* (50)

Jules VALLÈS, *L'Enfant* (12)

Paul VERLAINE, *Fêtes galantes* (38)

Jules VERNE, *Le Tour du monde en 80 jours* (32)

H. G. WELLS, *La Guerre des mondes* (116)

Oscar WILDE, *Le Fantôme de Canterville* (22)

Richard WRIGHT, *Black Boy* (199)

Marguerite YOURCENAR, *Comment Wang-Fô fut sauvé et autres nouvelles* (100)

Émile ZOLA, *3 nouvelles* (141)

Lycée

Série Classiques

Anthologie du théâtre français du 20ᵉ siècle (220)

Écrire sur la peinture (anthologie) (68)

Les grands manifestes littéraires (anthologie) (175)

L'intellectuel engagé (anthologie) (219)

La poésie baroque (anthologie) (14)

Le sonnet (anthologie) (46)

L'Encyclopédie (textes choisis) (142)

Honoré de BALZAC, *La Peau de chagrin* (11)

Honoré de BALZAC, *La Duchesse de Langeais* (127)

Honoré de BALZAC, *Le roman de Vautrin* (Textes choisis dans *La Comédie humaine*) (183)

Honoré de BALZAC, *Le père Goriot* (204)

Honoré de BALZAC, *La Recherche de l'absolu* (224)

René BARJAVEL, *Ravage* (95)

Charles BAUDELAIRE, *Les Fleurs du mal* (17)

BEAUMARCHAIS, *Le Mariage de Figaro* (128)

Aloysius BERTRAND, *Gaspard de la nuit* (207)

André BRETON, *Nadja* (107)

Albert CAMUS, *L'Étranger* (40)

Albert CAMUS, *La Peste* (119)

Albert CAMUS, *La Chute* (125)

Albert CAMUS, *Les Justes* (185)

Louis-Ferdinand CÉLINE, *Voyage au bout de la nuit* (60)

René CHAR, *Feuillets d'Hypnos* (99)

François-René de CHATEAUBRIAND, *Mémoires d'outre-tombe — « livres IX à XII »* (118)

Driss CHRAÏBI, *La Civilisation, ma Mère !...* (165)

Albert COHEN, *Le Livre de ma mère* (45)

Benjamin CONSTANT, *Adolphe* (92)

Pierre CORNEILLE, *Le Menteur* (57)

Pierre CORNEILLE, *Cinna* (197)

Denis DIDEROT, *Paradoxe sur le comédien* (180)

Madame de DURAS, *Ourika* (189)

Marguerite DURAS, *Un barrage contre le Pacifique* (51)

Marguerite DURAS, *La Douleur* (212)

Paul ÉLUARD, *Capitale de la douleur* (126)

Annie ERNAUX, *La place* (61)

Gustave FLAUBERT, *Madame Bovary* (33)

Gustave FLAUBERT, *Écrire* Madame Bovary *(Lettres, pages manuscrites, extraits)* (157)

André GIDE, *Les Faux-Monnayeurs* (120)

André GIDE, *La Symphonie pastorale* (150)

Victor HUGO, *Hernani* (152)

Victor HUGO, *Mangeront-ils ?* (190)

Victor HUGO, *Pauca meae* (209)

Eugène IONESCO, *Rhinocéros* (73)

Sébastien JAPRISOT, *Un long dimanche de fiançailles* (27)

Charles JULIET, *Lambeaux* (48)

Franz KAFKA, *Lettre au père* (184)

Eugène LABICHE, *L'Affaire de la rue de Lourcine* (98)

Jean de LA BRUYÈRE, *Les Caractères* (24)

Pierre CHODERLOS DE LACLOS, *Les Liaisons dangereuses* (5)

Madame de LAFAYETTE, *La Princesse de Clèves* (39)

Louis MALLE et Patrick MODIANO, *Lacombe Lucien* (147)

André MALRAUX, *La Condition humaine* (108)

MARIVAUX, *L'Île des Esclaves* (19)

MARIVAUX, *La Fausse Suivante* (75)

MARIVAUX, *La Dispute* (181)

Guy de MAUPASSANT, *Le Horla* (1)

Guy de MAUPASSANT, *Pierre et Jean* (43)

Guy de MAUPASSANT, *Bel ami* (211)

Herman MELVILLE, *Bartleby le scribe* (201)

MOLIÈRE, *L'École des femmes* (25)

MOLIÈRE, *Le Tartuffe* (35)

MOLIÈRE, *L'Impromptu de Versailles* (58)

MOLIÈRE, *Amphitryon* (101)

MOLIÈRE, *Le Misanthrope* (205)

MOLIÈRE, *Les Femmes savantes* (223)

Michel de MONTAIGNE, *Des cannibales + La peur de l'autre* (anthologie) (143)

MONTESQUIEU, *Lettres persanes* (56)

MONTESQUIEU, *Essai sur le goût* (194)

Alfred de MUSSET, *Lorenzaccio* (8)

Irène NÉMIROVSKY, *Suite française* (149)

OVIDE, *Les Métamorphoses* (55)

Blaise PASCAL, *Pensées* (Liasses II à VIII) (148)

Pierre PÉJU, *La petite Chartreuse* (76)

Daniel PENNAC, *La fée carabine* (102)

Georges PEREC, *Quel petit vélo à guidon chromé au fond de la cour ?* (215)

Luigi PIRANDELLO, *Six personnages en quête d'auteur* (71)

L'abbé PRÉVOST, *Manon Lescaut* (179)

Francis PONGE, *Le parti pris des choses* (170)

Raymond QUENEAU, *Zazie dans le métro* (62)

Raymond QUENEAU, *Exercices de style* (115)

Pascal QUIGNARD, *Tous les matins du monde* (202)

François RABELAIS, *Gargantua* (21)

Jean RACINE, *Andromaque* (10)

Jean RACINE, *Britannicus* (23)

Jean RACINE, *Phèdre* (151)

Jean RACINE, *Mithridate* (206)

Jean RACINE, *Bérénice* (228)

Rainer Maria RILKE, *Lettres à un jeune poète* (59)

Arthur RIMBAUD, *Illuminations* (193)

Edmond ROSTAND, *Cyrano de Bergerac* (70)

SAINT-SIMON, *Mémoires* (64)

Nathalie SARRAUTE, *Enfance* (28)

William SHAKESPEARE, *Hamlet* (54)

SOPHOCLE, *Antigone* (93)

STENDHAL, *La Chartreuse de Parme* (74)

Michel TOURNIER, *Vendredi ou les limbes du Pacifique* (132)

Vincent VAN GOGH, *Lettres à Théo* (52)

VOLTAIRE, *Candide* (7)

VOLTAIRE, *L'Ingénu* (31)

VOLTAIRE, *Micromégas* (69)

Émile ZOLA, *Thérèse Raquin* (16)

Émile ZOLA, *L'Assommoir* (140)

Série Philosophie

Notions d'esthétique (anthologie) (110)

Notions d'éthique (anthologie) (171)

ALAIN, *44 Propos sur le bonheur* (105)

Hannah ARENDT, *La Crise de l'éducation* extrait de *La Crise de la culture* (89)

ARISTOTE, *Invitation à la philosophie (Protreptique)* (85)

Saint AUGUSTIN, *La création du monde et le temps* — « Livre XI, extrait des *Confessions* » (88)

Walter BENJAMIN, *L'œuvre d'art à l'époque de sa reproductibilité technique* (123)

Émile BENVENISTE, *La communication*, extrait de *Problèmes de linguistique générale* (158)

Albert CAMUS, *Réflexions sur la guillotine* (136)

René DESCARTES, *Méditations métaphysiques* — « 1, 2 et 3 » (77)

René DESCARTES, *Des passions en général*, extrait des *Passions de l'âme* (129)

René DESCARTES, *Discours de la méthode* (155)

Denis DIDEROT, *Le Rêve de d'Alembert* (139)

Composition Nord Compo
Impression Novoprint
le 4 mai 2012
Dépôt légal : mai 2012

ISBN 978-2-07-044657-5/Imprimé en Espagne